FREUDE FÜR DEN HERZOG

DARCY BURKE

D1720395

Übersetzt von
PETRA GORSCHBOTH

DARCY BURKE PUBLISHING

Freude für den Herzog

Buchgestaltung: © Darcy Burke.
Buchumschlag: © The Midnight Muse Designs.
Umschlagfoto: © Period Images.
Bearbeitung: Linda Ingmanson.
Deutsche Übersetzung: Petra Gorschboth.

❀ Erstellt mit Vellum

Für meine Kinder, die der wahre Inbegriff von Freude sind

Freude für den Herzog
Die Liebe ist überall

Calder Stafford, dem die Frau seiner Träume durch die Einmischung seines Vaters verwehrt worden war, zeigte sich in den vergangenen zehn Jahren als selbstgenügsam, humorlos und absolut uninteressiert an jeglicher Freude. Da er inzwischen Herzog von Hartwell ist, wird er Rache üben, indem er die traditionelle Weihnachtsfeier abschafft, die sein Vater so sehr geliebt hat. Seine Schwestern werden ihn ebenso wenig umstimmen wie die – gerade wieder in die Stadt zurückgekehrte – Frau, die ihm einst geraubt worden war.

Als die Witwe Felicity Garland nach Hartwell zurückkehrt, um ihre erkrankte Mutter zu pflegen, ist sie glücklich, wieder zu Hause zu sein, insbesondere wegen der bevorstehenden Weihnachtstage. Allerdings sind die fröhlichen Festivitäten, auf die sie sich freut, nirgends zu finden. Als sie den Verursacher des Problems – den Herzog – aufsucht, stellt sie erstaunt fest, wie verbittert der junge Mann, den sie einst liebte, geworden ist. Es ist ihre Aufgabe, den undurchdringlichen Wall um sein Herz zu durchbrechen – und zwar nicht nur, um Weihnachten zu retten, sondern *ihn*.

Versäumen Sie nicht die anderen Bücher aus der Regency Weihnachtstrilogie »Die Liebe ist überall«!

KAPITEL 1

Grafschaft Durham, England
Dezember 1811

*F*elicity war wieder da.

Calder verließ den Salon auf seinem Anwesen Hartwood durch die gleiche Tür, durch die seine jüngeren Schwestern gerade entschwunden waren. Doch er folgte ihnen nicht. Er begab sich auf die Suche nach einem Diener, den er zu den Ställen schickte, um dafür zu sorgen, dass ein Stallknecht sein Pferd sattelte. Nachdem er einen weiteren Diener losgeschickt hatte, um seinen Übermantel, den Hut und die Handschuhe zu holen, trat Calder ins Freie hinaus. Kurze Zeit später ritt er in Windeseile er auf die Ortschaft Hartwell zu.

Im Mittelalter gegründet, war Hartwell um einen zentralen Marktplatz herum errichtet worden. Die Kirchturmspitze von St. Cuthbert's, der Kirche aus dem zwölften Jahrhundert, ragte wie ein Wachposten über der malerischen Ansammlung aus Läden und Häusern auf.

Da die Weihnachtszeit herannahte, waren Türen und Fenster mit festlichem Grün geschmückt. Überall herrschte frohe Stimmung. Sie drang jedoch nicht durch Calders sorgsam konstruierte Äußere. Für Ausdrücke wie »malerisch«, »festlich« und »Freude« war kein Platz in seinem Herzen.

Beim bloßen Gedanke an dieses Organ presste sich das seine zusammen. Oder noch wahrscheinlicher war es das Wissen, dass Felicity Templeton – nein, sie war jetzt Felicity Garland – in der Nähe war.

Dass ihre Mutter im vergangenen Jahr nach Hartwell zurückgekehrt war, hatte Calder gewusst, doch er war ihr ausgewichen, um eine Begegnung zu vermeiden. Dennoch war ihm genau bekannt, wo sie lebte. Wie hätte er sonst sicherstellen können, ihr aus dem Weg zu gehen?

Als er auf seinem Pferd die Kingston Street hinunterritt, erblickte er Mrs. Templetons Häuschen, das ein Stück weiter unten an der Straße lag. Wie auch die Behausungen ihrer Nachbarn, war die ihre mit Kiefernzweigen geschmückt. Rauchschwaden waberten aus dem Schornstein und stiegen über dem Strohdach auf.

Und, was nun?

Ihm ging auf, dass er nicht wusste, was er zu unternehmen beabsichtigte. Wollte er mit ihr sprechen? Bei dem Gedanken erschauderte er innerlich. Felicity hatte vor über einem Jahrzehnt die Flucht ergriffen und sein Herz gebrochen.

Und doch hatte er ihr jede Menge zu sagen. Sein Verstand toste vor Fragen und Zorn. Warum war sie ohne ein Wort gegangen?

Es war allerdings so, dass er die Antwort kannte. Sein

Vater hatte ihre Familie mit Geld bestochen und damit ihre Zukunft gesichert, sodass eine Heirat mit dem Erben eines Herzogtums nicht erforderlich war. Es schien ihr einziger Beweggrund gewesen zu sein, sich auf seine Brautwerbung einzulassen. Es war nicht Liebe oder Anziehung oder Zuneigung irgendwelcher Art gewesen – sie war einzig aus Habgier getrieben worden.

Calder holte tief Luft. Die eisige Winterluft drang in seine Lungen und ließ ihn innerlich so erstarren, wie jeder ihn einschätzte. Er hatte ein Herz aus Eis und eine tote Seele. So sagten sie.

Und damit hatten sie nicht unrecht.

Eine Gestalt trat aus dem Häuschen und eine weitere folgte. Calder lenkte sein Pferd in einen Seitenweg und brachte sich hinter einem Baum in Stellung.

Die beiden Frauen traten durch das Gartentor auf die Straße und hakten sich unter. Selbst aus dieser Entfernung war Felicity genau, wie er sie in Erinnerung hatte. Sie war groß und mit Rundungen ausgestattet, die einen Mann vor Verlangen die Tränen in die Augen treiben konnten. Ihre Gesichtszüge waren so fein gemeißelt, dass sicherlich jeder Künstler im Königreich sie mit Freuden malen wollte. Unter der Krempe ihrer Haube lugten blonde Locken hervor. Sie lachte über einige Worte ihrer Mutter und der beschwingte Gesang ihrer Stimme linderte seine innerliche Qual irgendwie.

Allerdings nur für einen Augenblick. Als die beiden auf der anderen Straßenseite voranschritten, sah er ihr Gesicht deutlicher – den zarten Bogen ihrer Brauen, den sanften Schwung ihrer Nase, die Erhabenheit ihrer Wangenknochen und Kiefers. Doch sein Blick verweilte auf ihrem Mund mit seinen vollen, rosa Lippen, die ihn küssen und verführen konnten, wie niemand sonst.

Nicht, dass sie ihn *wirklich* verführt hatte, nicht gänzlich. Er hatte ersehnt, bei ihrer Hochzeit mit ihr zu schlafen. Dieser Traum war gestorben. Oder geraubt worden, um genau zu sein.

Dennoch labte er sich an ihr und sein Blick wanderte hungrig über sie, um jede neue Einzelheit zu verinnerlichen – die Fältchen um ihre Augen, wenn sie lächelte, die Aura des Selbstvertrauens und vielleicht der Weisheit, die gescheite Art, mit der sie ihre Umgebung beobachtete.

Zum Teufel. Sie sah in seine Richtung.

Calder wendete sein Pferd und galoppierte die Gasse entlang in Richtung Shield Street, der Hauptdurchgangsstraße, die sich durch die Ortschaft zog. Sein Herz schlug schnell, und wenn er ehrlich zu sich war, musste er zugeben, dass dies nicht auf den Ritt zurückzuführen war. Allerdings weigerte er sich, diese Reaktion Felicity zuzuschreiben. Er hatte sie gesehen, und das reichte.

Doch die Kenntnis über ihre Nähe würde wahrscheinlich eine Kluft in seinem Verstand darstellen.

»Guten Tag, Euer Gnaden.«

Calder hatte sein Reitpferd in eine langsamere Gangart durchpariert, als er in die Shield Street einbog. Blinzelnd befreite er sich aus den dunklen Tiefen seiner Gedanken und konzentrierte sich auf den Mann, der ihn ansprach. Alfie Tucket, der Möbeltischler, stand vor seinem Geschäft. Er verbeugte sich, indem er seine hohe Gestalt vornüber neigte, ehe er sich wieder aufrichtete.

»Guten Tag«, wünschte Calder. Er mochte ein Schuft sein, doch er war auch höflich. Manchmal.

»Seid Ihr auf dem Weg nach Shield's End?«, erkundigte Tucket sich blinzelnd, als er zu Calder auf seinem Pferd aufblickte.

Calder begriff, dass er in diese Richtung geritten war, denn das alte Haus stand am Ende der Shield Street –

daher sein Name. Besser gesagt hatte es dort gestanden. Das Gebäude war vor über einer Woche abgebrannt.

»Nein«, gab er zurück, wenngleich er darüber nachdachte, es sich anzusehen. Abgesehen von seiner Neugierde sollte er sich für die Zerstörung interessieren, weil das Anwesen seinem Schwager gehörte. Dem Mann, dem er verboten hatte, seine Schwester zu heiraten.

Und den sie letzte Woche geheiratet hatte.

Tucket verlagerte sein Gewicht von einem Bein auf das andere und wirkte etwas unbehaglich. Sein Vater war der Hausmeister von Shield's End. Es war möglich, wenn auch unwahrscheinlich, dass Tucket über Calders Versäumnis, das beschädigte Haus zu besichtigen, und auch der Hochzeit seiner Schwester beizuwohnen, informiert war.

Da war es wieder. Dieses scharfe, kurze Stechen in seiner Brust. Obwohl er keine Reaktion zeigte, nahm Calder die Empfindung, wie stets, unweigerlich wahr.

Calder wendete sein Pferd erneut und ritt in die entgegengesetzte Richtung von Shield's End, auf Hartwood zu, das auf einem Hügel lag, der einen Rundblick über die Ortschaft bot. Seit Jahrhunderten schon lebten die Herzöge von Hartwell dort. Würden sie das weiterhin tun?

Nur, wenn Calder heiratete, und obwohl er inzwischen dreißig war, konnte er sich nicht durchringen, eine Frau zu nehmen. Nicht, solange Felicity noch in den Tiefen seiner Erinnerung existierte.

Es war an der Zeit, sie zu vertreiben, tadelte sein Verstand ihn.

Er war der Meinung gewesen, das getan zu haben, doch nun, da sie wieder hier war ... Er schüttelte den Kopf. Vielleicht könnte er eine Möglichkeit ersinnen, sie zu bewegen, wieder zu verschwinden. Oder, wenn er Glück hätte, würde ihr Aufenthalt hier nur vorübergehend sein.

Als er bei den Stallungen von Hartwood eintraf, überließ Calder die Versorgung seines Pferdes, die er in der Regel selbst übernahm, einem Stallknecht. Eine Welle des Unbehagens erfasste ihn. Er brauchte einen Fußmarsch. Mit eingerollter Zunge pfiff er. Einen Augenblick später war sein dunkler, rotbrauner Windhund mit einem Satz neben ihm.

Calder streichelte dem Hund über den Kopf und kraulte ihn hinter den Ohren. Als er aus dem Stallhof trat, lief Isis neben ihm her. Sie marschierten an den Gärten vorbei bis zu der Stelle, an der der Hügel abzufallen begann. Am Fuße des Hügels befand sich die Familiengruft, und das war ein Ort, den Calder nie aufsuchte.

Dort lagen Tragödie und Schmerz – und ein Elternteil, das er mit jeder Faser seines Seins vermisste, und ein anderes, das er mit gleicher Vehemenz hasste.

Die Frage, die ihm zuvor in den Sinn gekommen war, nahm erneut Gestalt an: Würde es noch weitere Herzöge von Hartwell geben? Er sollte Sorge dafür tragen, dass es keine mehr gäbe, zumindest nicht aus seinem Familienzweig. Irgendwo müsste es einen Vetter geben, der erben würde. Es würde Calders Vater recht geschehen, dass der Titel an einen entfernten Verwandten überging. Oder gar nicht weitergegeben würde.

Als Calder an den Mann dachte, der ihn aufgezogen hatte, wurde aus der Kälte in seinem Herzen harter Stein. Der Mann, an den sich alle, insbesondere seine Schwestern, liebevoll erinnerten. Sie waren seinen hohen Erwartungen, seinen rücksichtslosen Forderungen nach Perfektion um jeden Preis, nicht unterworfen gewesen. Er hatte die Männer, in die seine Schwestern sich verliebt hatten, nicht dafür bezahlt, sie zu verlassen, und dann darüber frohlockt, wie recht er mit seiner Voraussicht gehabt hatte.

Die stechende Pein zwackte ihn abermals in der Brust. Vielleicht hätte er die Ehe seiner Schwester befürworten sollen. Er kannte ihren Mann, den Earl of Buckleigh, kaum, aber soweit er wusste, war der Mann ein aufbrausender Kämpfer, ein Boxer, der für seine effiziente Brutalität im Ring bekannt war. Und doch konnte er nicht mitansehen, wie seine liebenswerte, wilde jüngste Schwester Bianca so jemanden heiratete.

Calder strich mit seinen behandschuhten Fingern über Isis´ Kopf. »Das spielt ohnehin keine Rolle, oder, Mädchen?«, fragte er leise. »Er wollte mich als Bestie, und so bin ich das auch.«

Isis stupste daraufhin seine Hand an und damit zufrieden, einfach nur bei ihm zu sein, setzte sie sich neben ihn. Sie mochte die wahre Bestie sein, doch sie war weitaus gütiger und liebevoller als er.

»Ich habe dich wirklich nicht verdient«, murmelte er.

Er sah in ihre großen, braunen Augen hinab, die ihn so ergeben anblickten. Sich vor sie hockend streichelte er mit beiden Händen ihren Hals und die Flanken. Dann wandte er den Blick zur Krypta zurück und sprach zu dem Mann, der ihm verhasst war.

»Ich bin allein und das werde ich wohl auch bleiben. Das sollte dir bis in alle Ewigkeit zum Hohn gereichen, hoffe ich.«

Calder stand auf, machte kehrt, und ging auf das Haus zu, während Isis neben ihm her trottete.

Ja, sein Vater hatte ihn zu einem unbarmherzigen, kompromisslosen Mann erzogen. Und weil Calder bestrebt war, sich in allem auszuzeichnen, bedeutete das, dass er so kalt und unversöhnlich war, wie man nur sein konnte.

∾

*D*u siehst bezaubernd aus, Liebes.«
Felicity legte ihren Umhang an, bevor sie die
Tür für ihre Mutter öffnete. »Danke, genau wie du,
Mama.« Sie nahm die kleine Tasche mit den Tanzschuhen
– Mama würde nicht tanzen, da sie sich noch immer etwas
von ihrer Erkrankung erholte – und folgte ihrer Mutter
hinaus in den kalten, dunklen Abend.

»Ich freue mich so sehr auf die Veranstaltung«, sagte
Mama, während Felicity sich bei ihr unterhakte. »Wie viele
Jahre ist es her?«

»Zehn Jahre.« Felicity erinnerte sich an die letzte
Veranstaltung, an der sie in Hartwell teilgenommen hatte.
Sie war achtzehn gewesen und so erwartungsfreudig, ihren
Liebsten zu sehen, wenn er zu Weinachten von Oxford
nach Hause kam. Den Sommer zuvor hatten sie zusammen
verbracht, und jeden erdenklichen Augenblick in Gesellschaft des anderen genossen, während sie in der, durch
Sonne und der Leidenschaft ihrer gestohlenen Küsse,
wohligen Wärme von der Zukunft geträumt hatten.

Aber er war nicht gekommen. Sein Vater hatte ihr
erklärt, dass er zu Weihnachten nicht nach Hause kommen
würde, und ihr einen Brief gegeben. Kurz und kalt hatten
ihr die von ihrem Liebsten geschriebenen Worte klarge-
macht, dass sie keine gemeinsame Zukunft hatten.

Als ihr Vater vorgeschlagen hatte, nach York umzuzie-
hen, wo ihr älterer Bruder als Anwalt praktizierte, hatte sie
die Gelegenheit ergriffen, Hartwell – und ihr gebrochenes
Herz – hinter sich zu lassen. Seitdem war sie nie mehr
zurückgekehrt.

»Du bist letztes Jahr gegangen, nicht wahr?« Felicity
sah zu ihrer Mutter hinüber, deren weißblondes Haar in
einen modischen Stil frisiert war, obwohl es zum Teil
durch die Kapuze ihres Umhangs verdeckt wurde, die sie

beim Verlassen des Hauses aufgestellt hatte. Es war wichtig, dass sie sich nach ihrer Erkrankung warm hielt. Ihre Krankheit war das Einzige gewesen, was Felicity zu einer Rückkehr hatte veranlassen können, und so war sie hier. Sie musste zugestehen, die Ortschaft und seine Bewohner vermisst zu haben, und zwar insbesondere in dieser Jahreszeit. Weihnachten in York konnte nicht im Entferntesten an den Zauber und die Tradition von Hartwell heranreichen.

»Das bin ich, aber es war nicht dasselbe ohne deinen Vater.« Sie setzte ein Lächeln auf, als sie Felicity ansah. »Und dich.« Mama griff hinüber und tätschelte Felicitys Hand.

Papa war vergangenen Herbst gestorben – es war kaum zu glauben, dass es schon über ein Jahr zurücklag. Von Trauer übermannt hatte Mama aus dem Haus fliehen wollen, das sie in den vergangenen zehn Jahren mit ihrem Mann geteilt hatte, und in dem er erkrankt und gestorben war. Es war vernünftig gewesen, nach Hartwell zurückzukehren, wo sie noch Freunde und eine Kusine besaß, wenngleich Felicity versucht hatte, sie davon abzubringen.

Doch das war selbstsüchtig von Felicity gewesen. Hartwell würde trotz all der schönen Erinnerungen immer der Ort sein, an dem sie ihre Gutgläubigkeit verloren und wie eine Närrin ihr Herz so bedingungslos hingegeben hatte.

»Ich bin so froh, dass du dieses Jahr bei mir bist«, gestand ihre Mutter lächelnd. »Und ich hoffe, du bleibst hier.«

Das war eine fortwährende Debatte. Felicity besaß in York ein Zuhause und Freunde. Dennoch war es schwer, die Bitte ihrer Mutter zurückzuweisen. Felicity hatte zu hoffen angefangen, ihre Mutter zur Rückkehr nach York und einem Zusammenleben dort überreden zu können.

»Oder du kommst mit mir nach York zurück. Ich weiß,

dass du deine Freunde vermisst.« Felicity ließ ein Lächeln auf ihren Lippen aufblitzen, und ihre Mutter lachte.

»Versuch nicht, mich mit deinem Charme, den du von deinem Vater hast, zu beeinflussen. Ich bin immun.«

Das war sie nicht, aber Felicity schmunzelte nur zur Antwort.

Mutter fasste sie mit einem bohrenden Blick ins Auge. »Freust du dich auf jemand Bestimmten? Seit deiner Rückkehr bist du die meiste Zeit für dich geblieben.«

In Wahrheit waren nur ein paar Wochen vergangen. »Ich war damit beschäftigt, dir zu helfen.«

»Ja, und ich freue mich, dich hier bei mir zu haben. Ich weiß, dass du der Grund für meine Genesung bist.«

»Nicht nur.« Felicity war sich bewusst, dass ihre Anwesenheit geholfen hatte. »Dr. Fisk hatte sehr viel damit zu tun.«

»Du hast natürlich recht. Ich frage mich sogar, ob er deinem Vater hätte helfen können.« Ihre Stimme nahm einen traurigen Tonfall an. »Wir hätten nach Hartwell zurückkehren sollen, als er krank wurde.«

Felicity drückte ihrer Mutter sanft den Arm. »Du darfst so nicht denken. Du hast Dr. Fisk von Papas Krankheit erzählt, und er hat gesagt, dass er wahrscheinlich nichts hätte tun können, und du dein Bestes getan hast, um ihn zu pflegen.«

»Es ist schwer, keine Reue zu empfinden«, antwortete Mama leise. »Doch du scheinst von diesem Gefühl unbeeinflusst zu sein.«

Kaum. Felicity bereute mehr, als sie eingestand, und all das hatte mit Calder Stafford zu tun. Sie hätte ihn in Gedanken beinahe »Chill« genannt, diesem Spitznamen aus seiner Jugendzeit, als er noch der Earl of Chilton war. Inzwischen war er allerdings der Herzog von Hartwood.

Es hatte ihr nie gefallen, ihn »Chill« zu nennen – dieser kühle Spitzname, der so viel wie frostig bedeutete, hatte für sie keinen Sinn ergeben, denn er war ihr so warm und fürsorglich vorgekommen.

Wie sehr sie sich doch geirrt hatte.

Sie erreichten den Festsaal, wo eine Anzahl von Kutschen die elegant gekleideten Gäste absetzten. Licht und Stimmengewirr drangen aus dem Gebäude und vermittelten eine festliche Atmosphäre. Ein ängstliches Schaudern erfasste Felicitys Schultern. Sie war nicht sicher, ob sie bereit war, Calder gegenüberzutreten.

Sie rügte sich innerlich. Sie dachte gar nicht daran, sich von ihm oder der Aussicht auf ein Wiedersehen mit ihm einschüchtern zu lassen. Sie war zehn Jahre älter, verwitwet und hatte die letzten zwei Jahre allein gelebt. Das junge Mädchen, das er so gefühllos verletzt hatte, war schon längst gestorben.

Mit hoch erhobenem Kopf begleitete sie ihre Mutter in den Festsaal. Im Eingangsbereich nahm ein Diener ihre Umhänge in Empfang, und Felicity tauschte die Stiefel gegen ihre Tanzschuhe.

Sie schlenderten in den Ballsaal, der bereits sehr belebt war. In einer Ecke kicherten junge Damen, und eine Gruppe junger Männer versuchte, einen gelassenen Eindruck zu erwecken, während sie sich im Saal umsahen, wobei ihre Blicke immer wieder zu den jungen Damen zurückkehrten.

Felicity lächelte in sich hinein. Sie erinnerte sich, wie es sich anfühlte, so jugendlich und aufgeregt zu sein, und einen die Vorfreude auf die Zukunft – auf das Unbekannte – erfasste.

Sie begaben sich zu einem Bereich auf der anderen Seite des Ballsaals, der mit Sitzgelegenheiten ausgestattet

war, die einen hervorragenden Blick auf die Tanzfläche
boten.

Felicity entdeckte einen freien Sessel und senkte den
Kopf. »Komm, Mama. Du musst dich setzen. Sonst werde
ich meine Entscheidung noch einmal überdenken, dir
erlaubt zu haben, herzukommen. Du bist noch immer auf
dem Weg der Genesung.«

»Oh, komm schon. Mir geht es gut, Liebes. Aber ja, ein
Sessel wäre nicht unwillkommen.«

Als Felicity den Kopf ein wenig drehte, erkannte sie ein
paar vertraute Gesichter – Calders Schwestern. Ihr Herz
geriet ins Stocken, als sie sich auf der Suche nach ihm
umblickte. Da sie ihn nicht entdeckte, atmete sie erleichtert auf, während seine Schwestern in Begleitung eines
Herrn auf sie zukamen. Felicity sank in einen Knicks.
»Guten Abend, Lady Darlington und … Lady … Buckleigh,
nicht wahr?«

»Ja«, antwortete Bianca, Calders jüngste Schwester, die
erst kürzlich den Earl of Buckleigh geheiratet hatte.
»Gestatten Sie mir, Ihnen meinen Mann, den Earl of
Buckleigh, vorzustellen. Ash, das ist Mrs. Felicity
Garland.« Ihre blauen Augen strahlten voller Wärme.

Ash neigte den Kopf. »Natürlich erinnere ich mich an
Sie, Mrs. Garland.«

Überraschung durchzuckte Felicity, als sie sich von
ihrem Knicks erhob. »Ash, wie der kleine Ashton
Rutledge? Ich hätte Sie nicht erkannt.«

»Keine von uns hat das getan«, gestand Bianca lachend
und dabei streifte eine dunkle Locke ihre Schläfe.

»Wie wunderbar, Sie alle zu treffen.« Felicity erlaubte
sich, den Ballsaal noch einmal mit einem kurzen Blick
abzusuchen. »Wo ist Ihr Bruder? Ich bin ihm seit meiner
Rückkehr nach Hartwell noch nicht begegnet.« Sie fragte

nicht, weil sie ihn sehen wollte, sondern weil sie darüber informiert sein wollte, wenn er hier wäre. Um auf der Hut zu sein.

Poppy – die ältere Schwester und Marquise von Darlington – tauschte einen vorsichtigen Blick mit Bianca aus. »Ich bezweifle, dass er heute Abend hier erscheinen wird«, entgegnete Poppy. »Er ist dieser Tage nicht sehr gesellig. Das Herzogtum hält ihn ziemlich auf Trab.«

Felicity war über das Aufblitzen der Enttäuschung schockiert, das sie daraufhin verspürte. »Das ist zu schade. Ich hatte mich darauf gefreut, ihn zu treffen. Vermutlich werde ich ihm wohl einen Besuch abstatten müssen.« Die Worte kamen ihr wie von selbst über die Lippen, weil Felicity stets um Höflichkeit bemüht war. Sie hatte nicht die Absicht, ihn zu besuchen.

Seine Schwestern hielten einen Besuch anscheinend für keine gute Idee. Bianca warf Poppy einen Blick zu und machte den Mund auf, um etwas zu sagen. Allerdings kam Poppy ihr zuvor und schlug an Felicity gewandt vor: »Vielleicht schicken Sie ihm eine Nachricht und fragen ihn, wann er Besucher empfängt.« Sie formte die Lippen zu einem heiteren Lächeln, das wahrscheinlich bezwecken sollte, jegliche Unruhe zu beschwichtigen, die Felicity möglicherweise aufgefallen sein könnte. Offensichtlich bildete sie sich ihr Unbehagen nicht ein.

Das Geräusch, das der Earl of Buckleigh erzeugte, als er scharf einatmete, lenkte Felicitys Aufmerksamkeit auf ihn. Doch der Earl hatte den Blick auf den Eingang fixiert. »Er ist hier.« Sein Tonfall war ausdruckslos, und doch entzweiten diese drei schlichten Worte Felicity mit der raschen, furchterregenden Schlagkraft eines Langschwertes aus alten Zeiten.

Felicity nahm wahr, wie ihre Mutter ihr den Arm

tätschelte, doch sie behielt den Blick fest auf Calder gerichtet. Groß, mit breiten Schultern, von denen sie einst geschwärmt hatte, füllte er die Türöffnung mit seiner Gestalt aus. Seine kristallklaren Augen schweiften über die Gäste und sein Gesichtsausdruck war teilnahmslos.

War es im Ballsaal still geworden? Nicht ganz, denn Felicity vernahm ein leises Summen in den Ohren, als sie ihre frühere Liebe zum ersten Mal seit über zehn Jahren wiedersah.

Dann spürte sie die volle Wucht seiner Aufmerksamkeit, als er den Blick direkt und mit voller Absicht auf sie richtete. Heiß prickelte es auf ihrer Haut. Ihr Herzschlag beschleunigte sich.

Er ging auf sie zu, und sie fühlte sich vollkommen zwiegespalten. Ein Teil von ihr wollte die Flucht ergreifen. Ein anderer Teil wollte auf ihn zueilen. Der größte Teil von ihr wollte allerdings unerschüttert stehenbleiben und ihn für sein verwerfliches Verhalten vor zehn Jahren zur Rede stellen.

Sie entschied sich für Letzteres. Vielmehr für einen Teil des Letzteren. Oder vielleicht war es wirklich so, dass sie sich unter der Bürde seines starren Blicks offenbar nicht bewegen konnte. Verdammt, obwohl sie hoffte, dass dies nicht der Fall war, befürchtete sie dennoch, dass genau das zutraf.

Er blieb neben Poppy stehen. »Guten Abend.« Seine Stimme, so tief und seidig wie kostbarer, plüschiger Samt, strich über sie hinweg und löste beinahe eine körperliche Reaktion aus. Ihr Körper reagierte auf seine Vertrautheit, sodass sie das Gefühl hatte, als ob sie vielleicht auf ihn zu schwanken könnte. Doch nein, er war nicht vertraut. Dieser Mann war ein Fremder.

Sie nahm die Veränderungen in seinem Aussehen wahr. Seine Schultern schienen noch breiter zu sein, wenn das überhaupt möglich war. Sein Gesicht war markanter, wie die Linien um seinen Mund und der starke Kieferknochen bewiesen. Er wirkte wie ein Mann, der selten lächelte. Das schimmernde Schwarz seines Abendanzugs zeugte unter den flackernden Kronleuchtern von Macht und Reichtum. Er sah wie ein Herzog aus und nicht wie der junge Mann, dem das dunkle Haar in die Stirn gefallen war, als er sie über eine Wiese gescheucht und gelacht hatte, sobald er sie erwischte.

Poppy wandte sich ihm zu. »Guten Abend.«

Felicity sank in einen weiteren, noch tieferen Knicks und war dann ihrer Mutter behilflich, dasselbe zu tun. »Euer Gnaden, ich erzählte Ihren Schwestern gerade, wie sehr ich mich darauf freue, Sie zu treffen.« Wieder hatte die Höflichkeit anscheinend das Kommando über ihre Zunge übernommen.

»Haben Sie das? Wie überraschend nach all dieser Zeit.« Calder klang ebenso so eisig, wie sie ihn sich angesichts der Art und Weise seiner Zurückweisung vorgestellt hatte, und ganz und gar nicht nach dem jungen Mann, der ihr tatsächlich so vertraut gewesen war.

»Ja, es ist viele Jahre her. Ich hoffe, dass wir Zeit für einen Besuch finden.« Felicity ließ einen Anflug von Frechheit in ihren Tonfall einfließen. »Wenn Sie mich entschuldigen wollen, ich muss meine Mutter zu einem Sessel führen.«

Calder sah zu ihrer Mutter, und für einen kurzen Moment dachte Felicity, dass er etwas zu ihr sagen wollte – etwas Missliebiges. Ehe sie noch überlegen konnte, wie sie in diesem Fall reagieren sollte, kam Buckleigh auf sie zu und bot Felicitys Mutter seinen Arm. »Gestatten Sie mir, Ihnen behilflich zu sein.«

»Danke, Lord Buckleigh«, entgegnete Mutter und nahm seinen Arm.

»Ich bin gleich da, Mama.« Felicity sah zu, wie die beiden davongingen, und blickte dann zu Calder zurück.

»Warum sind Sie hier?«, fragte er mit leiser Stimme in einem scharfen Tonfall, doch sie fürchtete, zumindest von Poppy und Bianca gehört zu werden.

Wie konnte er es wagen, sie in der Öffentlichkeit auf diese Weise zu konfrontieren? Felicity erstarrte. »Jeder kommt zur Veranstaltung.«

»Nicht hier bei der Veranstaltung, sondern hier in *Hartwell*.« Er warf die Lippe an den Außenkanten ein wenig auf.

»Meine Mutter ist letztes Jahr nach Hartwell zurückgekehrt und vor ein paar Wochen krank geworden. Ich bin gekommen, um sie zu pflegen.« Warum fühlte sie sich derart defensiv? Sie brauchte sich ihm gegenüber nicht zu rechtfertigen. Im Gegenteil, wenn jemand eine Erklärung verdient hatte, dann sie.

»Ihr Besuch ist also nur vorübergehend.« Sein Tonfall hatte etwas Hoffnungsvolles.

Es schien, als würde es ihm gefallen, wenn sie ja sagen würde. Also antwortete sie: »Ich habe mich noch nicht entschieden.« Sie lächelte seine Schwestern an und machte deutlich, dass der Ausdruck für sie und nicht für ihn bestimmt war. »Ich freue mich besonders, über die Feiertage hier zu sein. Niemand zelebriert sie besser als die Menschen von Hartwell.« Sie wandelte ihren Gesichtsausdruck zu einer Maske der Besorgnis und richtete den Blick erneut auf Calder. »Ich freue mich auf den zweiten Weihnachtstag, doch es hat mich betrübt, dass Hartwood nicht Gastgeber der Veranstaltung sein wird. Ich hatte befürchtet, dass Sie erkrankt sind.« Sie konnte sich keinen anderen Grund vorstellen, warum er nicht Gastgeber sein sollte. Die Herzöge von Hartwell hatten dieses Fest seit Generationen ausgerichtet.

»Das bin ich nicht, wie Sie sehen können.«

Da er sich entschieden hatte, frei heraus zu sprechen, tat sie es auch. »Das scheinen Sie nicht zu sein, aber andererseits sind Sie nicht ganz der Mann, an den ich mich erinnere.« Felicity schüttelte den Kopf. Vermutlich hatte sie gehofft, dass es für seine Ablehnung vor zehn Jahren einen guten Grund gab. Ein Teil von ihr hoffte, dass er glücklich geworden war. Sie war es – so gut sie es vermochte. Sie hatte ihren Ehemann geliebt, aber es war nie dasselbe gewesen wie das, was sie für Calder empfunden hatte. Tatsächlich wunderte sie sich des Öfteren, ob ihre gemeinsame Zeit ein Traum gewesen war, und die Erinnerungen irgendwie Wahnvorstellungen. »Doch andererseits ist das über ein Jahrzehnt her.«

»Ja, Menschen verändern sich mit der Zeit. Und manche Menschen verändern sich über Nacht.« Calders Augen loderten von hochmütiger Intensität. »Ich bin mir nicht sicher, ob die Frau, an die ich mich erinnere, je existiert hat.«

Felicity starrte ihn an und ihr Inneres geriet ins Stocken, als würde es versteinern. Was wollte er damit sagen? Genau das hätte sie auch über ihn gesagt.

Poppy fasste ihren Bruder am Arm. »Calder, vielleicht sollten wir ...«

Er ließ den Blick zu ihr herumschnellen. »Fass mich nicht an. Ich werde sagen, was mir gefällt.«

»Nicht zu meiner Frau, das wirst du nicht.« Poppys Ehemann, der Marquess von Darlington – zumindest glaubte Felicity das, da er Poppy als seine Frau bezeichnet hatte – trat zwischen Bruder und Schwester.

Poppy schien über den Anblick des Marquess äußerst überrascht, aber sie erholte sich schnell wieder. Sie sah sich um und flüsterte: »Calder, du verursachst eine Szene.«

Calders Blick verfinsterte sich, und der Marquess trat

einen winzigen Schritt auf ihn zu. »Vorsicht, Chill! Entspann dich und lass diese Szene nicht zu etwas anderem ausarten.«

Was würde passieren? Wichtiger noch: Was war aus Calder geworden? Zum ersten Mal empfand Felicity etwas, das für ihn zu fühlen, sie sich nie hätte vorstellen können – Besorgnis und vielleicht ein Anflug von Mitleid.

Calder starrte sie alle an, bevor er Felicity mit einem besonders abfälligen Blick bedachte. »Ich bin gekommen, um mich zu überzeugen, wovon ich mich überzeugen musste. Und jetzt bin ich frei.«

Er machte abrupt auf dem Absatz kehrt und verließ die Veranstaltung. Felicity klappte den Mund zu, ehe sie hinter ihm her glotzte, während Körper und Geist in rasende Erregung versetzt waren. Was war gerade passiert?

Darlington drehte sich zu Poppy um. »Ich wollte ihn nicht vertreiben.«

»Es war zu seinem Besten«, murmelte sie.

Er bot ihr seinen Arm an. »Sollen wir eine Runde drehen?«

Felicity nahm kaum wahr, wie sie sich entfernten, als sie zu ergründen versuchte, warum Calder sich so verhalten hatte. Er hatte behauptet, dass die Frau, die er kannte, nie existiert habe. Sie versuchte, sich den Brief ins Gedächtnis zu rufen, den er ihr geschrieben hatte, und sich an die Worte zu erinnern, die sie einmal auswendig gewusst hatte, und die inzwischen jedoch aus ihrem Gedächtnis gelöscht waren.

Er hatte verkündet, ihr nicht den Hof oder einen Heiratsantrag zu machen, wie sie es besprochen hatten. Er hatte erklärt, dass es seine Pflicht sei, eine geeignetere Frau zu finden. Als Tochter eines Bauern hatte sie befürchtet, dass es für sie beide keine Zukunft gäbe, aber er hatte ihr unendlich viele Male versichert, sie zu seiner Frau machen zu wollen.

Bis er den Brief geschrieben hatte und zu Weihnachten nicht nach Hause kam.

Zu dem Zeitpunkt wurde ihr klar, dass alles eine Lüge gewesen war.

KAPITEL 2

»Das tut mir leid«, entschuldigte Bianca sich leise.

Felicity bemühte sich, Calders Verhalten zu begreifen, ebenso wie sie versuchte, die glückselige Zeit, die sie zusammen verbracht hatten, mit seiner totalen Zurückweisung in Einklang zu bringen. Es war mehr als eine Lüge gewesen. Es war Verrat. Und wofür? Für eine Handvoll gestohlener Küsse?

Buckleigh kam zurück, nachdem er Felicitys Mutter zum Sitzbereich begleitet hatte. »Ihre Mutter sitzt mit ein paar Freundinnen zusammen.« Er sah zu seiner Frau. »Ist alles in Ordnung?«

»Ich bin nicht sicher.« Sie sprach Felicity an. »Geht es *Ihnen* gut?«

Felicity schüttelte sich innerlich. Die Leute hatten ihre Unterhaltungen wieder aufgenommen, aber sie war sich weiterhin der neugierigen Blicke bewusst, die in ihre Richtung schweiften. Sie blinzelte und sah Bianca an. »Ja, danke für Ihre Anteilnahme. Ihr Bruder hat mich ein wenig aus der Ruhe gebracht, aber mir geht es gut.« Sie lächelte, um ihr immer weiterhin anhaltendes Unbehagen zu kaschieren.

Bianca bekam schmale Augen. »Er ist ein Flegel. Letzte Woche ist er nicht einmal zu meiner Hochzeit erschienen.«

Felicity war schockiert, das zu erfahren – in ihrer Jugendzeit hatte er stets in den höchsten Tönen von seinen Schwestern gesprochen. »Sie scherzen.«

»Ich wünschte, ich täte es.« Bianca wechselte mit ihrem Ehemann ein Minenspiel der Enttäuschung und Frustration, wenngleich der Earl auch ... erbost aussah. Felicity konnte das verstehen. Sie war ebenfalls erzürnt. Aber sie war auch verblüfft. Es wäre so leicht, einfach wegzugehen und nach York zurückzukehren. Und warum wollte sie dann herausfinden, aus welchem Grund Calder sie so missachtete?

Weil sie dann aufhören konnte, sich zu fragen, was vorgefallen war, und was sie getan hatte, um ihn zu vertreiben. Vielleicht war ihre Bemerkung, ihm einen Besuch abzustatten, nicht nur Höflichkeit. Abgesehen von seinem Verhalten ihr gegenüber – jetzt und in der Vergangenheit – war sie neugierig, warum er Hartwoods Weihnachtsfesttradition nicht fortsetzte. »Warum will er das Fest am zweiten Weihnachtstag nicht ausrichten?«

Bianca schnaubte. »Er hat nicht wirklich einen Grund, außer vorzugeben, sich das nicht leisten zu können.«

Felicity nahm die Skepsis in Biancas Stimme wahr. »Sie glauben nicht, dass es stimmt?«

Bianca schüttelte den Kopf. »Das tue ich nicht, zumal er das Geld meines Vaters für meine Mitgift einbehalten hat.«

Felicity schnappte nach Luft, und dann senkte sie abrupt ihre Stimme, um keine weitere Aufmerksamkeit auf sie zu lenken. »Warum würde er das tun?«

»Weil er mich nicht mag«, warf Buckleigh ein. »Er hat uns seine Erlaubnis zur Heirat verweigert.«

»Nicht, dass ich sie brauchte.« Bianca sah finster zur Tür, als ob Calder noch da wäre.

Buckleigh lächelte ihr mitfühlend zu. »Das tust du, wenn du die Mitgift wolltest.«

»Es wäre schön gewesen, sie zu haben, um damit Hartwell House helfen zu können, und gar nicht erst vom Wiederaufbau von Shield's End zu reden.« Bianca bezog sich auf die Institution für verarmte Frauen und Buckleigh's Elternhaus. Vielmehr auf sein Zuhause, bevor er zum Earl of Buckleigh wurde. Sein Sitz, Buck Manor, lag mehrere Meilen von Hartwell entfernt.

Felicity wandte ihre Aufmerksamkeit dem Earl zu. »Ach du meine Güte, ich hatte Ihnen gleich sagen wollen, wie leid es mir getan hat, von dem Feuer zu hören. Ich fürchte, Cal – Seine Gnaden - hat mich abgelenkt.« Sie betete, dass keiner bemerkt hatte, wie sie ihn fast mit seinem Vornamen angeredet hatte. Angesichts eines Aufflackerns in Biancas blauen Augen, das von ihrem überraschten Interesse zeugte, war sich Felicity jedoch ziemlich sicher, dass zumindest sie das getan hatte.

»Danke«, antwortete Buckleigh. »Der Lichtblick an dieser Sache ist allerdings, dass wir Shield's End als die neue Institution für verarmte Frauen wieder aufbauen werden.«

»Tatsächlich?«, erkundigte sich Felicity. »Wie wundervoll. Was wird mit Hartwell House geschehen?« Die Armstrongs hatten die Institution für Frauen, insbesondere für Mütter mit Kindern, vor einigen Jahren ins Leben gerufen. Mr. Armstrong war inzwischen verstorben, jedoch setzte seine Frau ihr gemeinsames Werk fort, und alle in Hartwell unterstützten das Bestreben als eine mildtätige Alternative zu einem Armenhaus, in dem die Mütter von ihren Kindern getrennt würden.

Bianca runzelte die Stirn. »Leider ist es in einem sehr

schlechten Zustand. Das ist der Grund – nun ja, einer der Gründe, warum ich derart frustriert über Calder bin. Er weigert sich, die Unterstützung unseres Vaters für Hartwell House fortzusetzen, was der Institution sehr schadet.«

Calder war weitaus schlimmer, als Felicity sich jemals hätte vorstellen können. Es war nicht nur, dass er vor zehn Jahren ihr gegenüber kalt geworden war, es klang so, als ob er überhaupt kein Mitgefühl oder Fürsorge mehr für andere besaß. Hatte sie den jungen Mann, in den sie sich verliebt hatte, so vollkommen falsch verstanden, oder hatte er sich derartig verändert?

»Also wird er Hartwell House nicht unterstützen, und er wird das Fest am zweiten Weihnachtstag nicht ausrichten.« Und er hatte es versäumt, seine Schwester zu unterstützen oder ihr zu erlauben, die Kontrolle über die Mitgift zu übernehmen, die ihr Vater ihr hinterlassen hatte. Felicity war zwischen Wut und Verzweiflung hin- und hergerissen. Was war passiert, was ihn so unausstehlich gemacht hatte?

»Das ist in etwa richtig«, entgegnete Bianca mit einem verzweifelten Seufzen. »Ich will mich nicht darüber auslassen, wie schrecklich es ist, Zeit mit ihm zu verbringen. Vermutlich haben Sie sich das wahrscheinlich schon selbst zusammengereimt.« Bianca zuckte zusammen, als sie Felicity ansah. »Ich bitte um Entschuldigung. Ich sollte nicht so offen sprechen, aber ich weiß, dass Sie und Calder einmal … Schon gut. Das geht mich nichts an.«

Felicity konnte nicht leugnen, dass sie ihn gern gehabt hatte. Selbst nach seiner Abweisung hatte sie gehofft, dass er glücklich werden würde – so wie sie mit James Garland. Offenbar war er das nicht. Abgesehen davon, unverheiratet geblieben zu sein, schien er sich von allen und allem, was ihm Freude machen könnte, distanziert zu haben.

Bianca drehte sich zu ihrem Ehemann. »Ash, würdest du mich und Mrs. Garland einen Moment allein lassen?«

Buckleigh lächelte zärtlich, und in seinem Blick spiegelte sich die Liebe, die er für sie empfand. »Aber natürlich. Ich werde nach Mrs. Templeton sehen.«

»Vielen Dank, Mylord«, sagte Felicity.

»Bitte, nennen Sie mich Ash. Ich bin immer noch nicht daran gewöhnt, ein Herzog zu sein, und ich bin mir nicht sicher, ob ich das je sein werde – insbesondere unter meinen Freunden.«

Felicity nickte. »Sie – und Sie«, sagte sie zu Bianca, »müssen mich Felicity nennen. Wir alle kennen uns schon viel zu lange, um auf der Etikette zu beharren.«

Bianca lachte leise. »Ich wusste, dass es einen Grund gab, warum ich Sie so sehr mochte. Mein Bruder ist ein Idiot.«

Da konnte Felicity ihr nicht widersprechen. Sie sah zu, wie Ash sich zu ihrer Mutter und ein paar anderen Damen gesellte. Bianca hakte sich bei Felicity unter, als die Musik einsetzte.

»Oh, meine Liebe, ich halte Sie vom Tanzen ab«, stellte Felicity fest.

Bianca schlenderte mit ihr zu einer ruhigeren Stelle nahe der Wand. »Dafür wird noch genug Zeit sein. Ich wollte fragen, ob Sie eine Ahnung haben, warum Calder so ist.«

»Warum sollte ich? Ich habe ihn seit über zehn Jahren weder gesehen noch mit ihm kommuniziert.«

»Richtig.« Bianca seufzte. »Poppy und ich hatten die Theorie, dass sein verändertes Verhalten irgendwie auf Sie und die Ereignisse vor zehn Jahren zurückzuführen ist. Vermutlich haben wir nach einer unkomplizierten Erklärung gesucht, die uns helfen würde, ihn zu verstehen – und vielleicht sogar zurückzubringen.«

Wollte sie damit etwa nahelegen, dass Felicity ihn retten könnte? Oder dass sie zumindest den Schlüssel dazu hätte? »Es tut mir leid, dass ich Ihnen nicht helfen kann. Ich bin genauso perplex über ihn wie Sie. Er ist nicht, wie ich ihn in Erinnerung habe.« Zumindest nicht, bis er ihr diesen schrecklichen Brief geschrieben hatte.

»Ich fühle mich so wütend, aber ich fühle mich noch viel trauriger.« Bianca löste ihren Arm von Felicitys. »Ich wünsche mir den Bruder zurück, an den ich mich erinnere. Ich fürchte nur, dass er für immer verloren ist.« Sie sprach den letzten Satz mit solch einer leisen Verzweiflung aus, dass es Felicity eng ums Herz wurde.

Felicity dachte wirklich nicht, irgendwie helfen zu können, aber was würde ein Versuch schon schaden? Er benahm sich ihr gegenüber eindeutig boshaft – aus einem Grund, den sie nicht verstand. Dem sollte sie zumindest auf den Grund gehen. »Ich werde ihm einen Besuch abstatten.«

Bianca riss die Augen kurz auf und dann blinzelte sie. »Das würden Sie tun?«

»Am Montag. Vielleicht kann ich ihn dazu bringen, seine Meinung über den zweiten Weihnachtstag zu ändern. Es ist einfach nicht richtig, dass der Herzog von Hartwell das Fest nicht ausrichtet.«

»Viel Glück.« Biancas Antwort war schwer von Zweifel gezeichnet. »Viscount Thornaby hat eingewilligt, das Fest auszurichten. Wir wollten es in Shield's End abhalten, bis Thornaby und seine Kumpanen es in Brand gesteckt hatten.«

»Was?« Das Wort explodierte förmlich von Felicitys Lippen. Sie zügelte ihren Tonfall. »Sie haben es angesteckt?«

»Nicht absichtlich, aber sie waren töricht. Sie hatten Ash einen Streich spielen wollen und dabei das Haus aus

Versehen in Brand gesetzt. Zu ihrer minimalen Ehre muss gesagt werden, dass sie die Kosten für den Wiederaufbau übernehmen, und Thornaby sich buchstäblich überschlägt, um zu helfen, wo immer er kann, was auch die Ausrichtung des Festes am zweiten Weihnachtstag einschließt.«

»Aber Thornhill ist wie weit entfernt? Fünf Meilen? Das ist ein schrecklich langer Weg für die Leute aus dem Ort.«

»Ja, aber Thornaby und andere, einschließlich uns, sowie Poppy und Gabriel, werden den Transport organisieren. Es ist nicht ideal, aber das Beste, was wir angesichts Calders Weigerung, das Fest auszurichten, tun können.«

»Was ist mit den Leuten auf Hartwood?« Felicity verabscheute den Gedanken, dass die Pächter und Bediensteten des Anwesens den einen Tag nicht feiern könnten, der immer so besonders für sie und ihre Familien gewesen war.

»Wir werden die Pächter befördern, aber ich weiß nicht, wie es mit den Dienstboten steht.« Bianca runzelte die Stirn. »Darüber sollte ich mit Truro sprechen.«

Felicity erinnerte sich, dass Truro der Butler war. »Ich werde Ihren Bruder danach fragen, wenn ich ihn besuche.«

»Sind Sie sicher, sich seiner Unhöflichkeit aussetzen zu wollen?«, fragte Bianca.

»Ich fürchte mich nicht vor ihm.« Felicity straffte die Schultern. Plötzlich war sie begierig auf eine Auseinandersetzung. Er hatte ihr das Herz gebrochen, und sie wollte ihn endlich zur Rede stellen. »Das ist schon lange überfällig.«

»Sie sind eine mutige Frau«, stellte Bianca mit einem Lächeln fest. »Ich habe auch keine Angst vor ihm. Er ist unsympathisch und kalt, aber er ist nicht ausfallend. Und er ist gewiss nicht gewalttätig.«

Das war gut zu wissen. Obwohl es Felicity schwerfiel,

diesen Calder mit dem Calder in Einklang zu bringen, den sie von früher gekannt hatte, konnte sie sich wirklich nicht vorstellen, dass er die Hand gegen jemanden erheben würde.

»Ich hoffe, dass Sie uns – Poppy und mich – wissen lassen, wie Ihr Besuch verlaufen ist.«

Felicity nickte. »Ganz bestimmt. Wenn Sie mich jetzt entschuldigen wollen. Ich muss nach meiner Mutter sehen.«

»Natürlich. Ich begleite Sie.« Bianca lächelte, und sie hakten einander unter, ehe sie wieder zum Sitzbereich zurückkehrten.

Entschlossenheit - und eine widersinnige Vorfreude – wallten in Felicity auf, als sie über ihren Besuch auf Hartwood am Montag nachdachte. Ihr kam eine ganze Litanei von Dingen in den Sinn, die sie sagen und fragen wollte. Vielleicht sollte sie eine Liste schreiben ...

Endlich war der Zeitpunkt der Abrechnung gekommen.

~

*D*ie Flasche Gin auf der Anrichte in Calders Arbeitszimmer lockte ihn. Vielleicht würde er den Inhalt heute Abend in sich hineinschütten, damit er den Schlaf finden könnte, der ihm in den vergangenen beiden Nächten seit der Veranstaltung verwehrt worden war.

Weil er Felicity aus nächster Nähe gesehen hatte.

Er schloss die Augen, ließ den Kopf an die Stuhllehne zurücksinken und ergötzte sich gierig an dem Bild in seiner Fantasie. Sie war noch schöner, als er sie in Erinnerung hatte. Die Flächen ihres klassisch schönen Gesichts waren ein wenig kantiger, als seien sie durch die Erfahrungen der Jahre, seit er sie zum letzten Mal gesehen hatte, feingeschliffen worden. Ihre Augen waren noch immer von einem dunklen, funkelnden Grün, das in der Intensität beinahe einem Juwel gleichkam. Ihr blondes Haar, das hochfrisiert auf ihrem Kopf aufgetürmt und von einem perlenbesetzten Kamm verziert war, wirkte so seidig wie eh und je. Das Kleid in ägyptisch-blau hob die Rundung ihrer Brust und die Einbuchtung ihrer Taille hervor. Festzustellen, dass sie keine Trauerfarben trug, wie es so viele Frauen noch Jahre nach dem Tod ihres Mannes taten, hatte ihn erfreut. Hieß das etwa, dass sie nicht traurig war?

Wütend über sich selbst schlug er die Augen auf, denn er versuchte, ihre Gefühle zu ergründen. Nein, er war wütend, weil sie ihm wichtig war. Sie war eine habgierige, selbstsüchtige Opportunistin. Sie hatte nichts anderes als seine unsterbliche Verachtung verdient.

Ein Klopfen an der Tür rettete Calder von seinen ärgerlichen Gedankengängen. »Herein«, rief er, während er sich mit den Papieren auf seinem Schreibtisch beschäftigte.

Die Tür wurde halb aufgestoßen, und Truro, sein Butler, trat ein. »Ihr habt eine Besucherin, Euer Gnaden.«

»Wen?« Wahrscheinlich eine seiner Schwestern oder beide. Sie waren die Einzigen, die es noch wagten, ihn zu besuchen. Eines Tages würden sie damit aufhören. Er ignorierte das Aufflackern seiner Unruhe.

»Mrs. Garland. Sie wartet im Salon auf Euch.«

»Ich bin beschäftigt.« Doch Calders Blut rauschte in seinen Adern und löste eine Kakophonie in seinen Ohren aus. Sein Herz schlug derart heftig, dass er schon befürchtete, Truro könnte es hören.

»Ich habe versucht, ihr das zu erklären, aber sie war sehr beharrlich.« Truro stellte dies sachlich und ohne jede Besorgnis fest. Er war der einzige Angestellte, der sich von seinem Arbeitgeber nicht eingeschüchtert fühlte. Calder war nicht sicher, was er davon halten sollte. Einschüchterung war zwar nicht seine Absicht, aber er schätzte den weiten Bogen, den jeder um ihn schlug.

»Na schön.« Calder erhob sich und holte tief Luft. Doch sein Puls raste weiter wie verrückt.

»Soll ich Erfrischungen bringen?«, bot Truro auf seinem Weg aus dem Arbeitszimmer an.

Calder sah ihn zur Antwort finster an, ehe er an ihm vorbei in den Salon marschierte.

Mit seinen hohen, mit Goldblatt verzierten Decken und einem imposanten Porträt seines Vaters über dem Kaminsims dürfte der Salon der luxuriöseste Raum auf Hartwood sein. Calder hatte seit dem Tod seines Vaters nicht eine Einzelheit verändert. Es war nicht so, dass er es nicht wollte – denn er verachtete alles, was seinem Vater gefiel, und der Mann hatte diesen Raum geliebt. Allerdings war Calders Bemühen um Genügsamkeit stärker als sein Wunsch, alles zu vernichten, was seinem Vater lieb gewesen war. Sein Vater hätte von ihm erwartet, für die Renovierung des Raumes »Geld zu verschwenden«, also hatte er es nicht getan.

Als er auf der Schwelle innehielt, schweifte Calders Blick unmittelbar zu Felicity. Sie stand vor den Fenstern mit Blick auf die Gärten und die dahinterliegende Parklandschaft. Ihre Silhouette und ihr Profil wirkten in ihrem dunkelgrünen Samtkostüm majestätisch. Eine kecke, cremefarbene Feder ragte von ihrem Hut auf und irritierte ihn. Sie sollte nicht so frisch und lieblich aussehen.

»Ich kann mir nicht vorstellen, warum du hergekommen bist«, sagte er, während er in die Mitte des Raumes stolzierte. Er wollte *sie* einschüchtern, bemerkte er. Vielleicht, weil sein Herz immer noch pochte, als ob es seinem Körper entfliehen wollte.

Sie drehte sich vom Fenster weg und auf ihren Lippen verweilte ein halbes Lächeln. Ihr Blick wanderte langsam über ihn hinweg, ehe er bei seinem Gesicht verweilte.

Er konnte nicht sagen, was für ein Urteil sie sich bei ihrer Sichtung gebildet hatte. Auch das irritierte ihn.

»Guten Tag, Euer Gnaden.«

»Wenn du zu einem kurzweiligen Geplauder gekommen bist, um die letzten zehn Jahre nachzuholen, wirst du bitter enttäuscht.«

»Das bin ich nicht«, entgegnete sie leise und trat auf ihn zu, wobei sie jedoch einige Meter entfernt stehenblieb.

Außer ihrem Hut trug sie zusätzlich auch noch ihre Handschuhe. Offensichtlich hatte sie nicht die Absicht zu bleiben. Gut.

»Ich bin gekommen, um über das Fest zum zweiten Weihnachtstag zu sprechen.«

Er knurrte. »Meine Schwestern haben dich geschickt.«

»Bianca und ich haben uns darüber unterhalten, aber ich hatte ohnehin kommen wollen.« Nun kräuselte sie die Lippen zu einem richtigen Lächeln, das allerdings nicht von der freudigen Art war. Es war eher von der Sorte, die ein Raubtier kurz vor dem Sprung auf seine Beute zeigte.

Calder war niemandes Beute. »Du hast einen schweren Fehler begangen.«

Auf eine durchaus elegante Weise zog sie die Schulter hoch. »Möglicherweise, aber ich bin dennoch hier. Ehe wir uns über das Fest unterhalten – und damit meine ich, bevor ich gehe –, sollten wir vielleicht die dicke Luft zwischen uns klären. Du bist wütend auf mich, aber ich verstehe nicht, warum.«

Sie klang so ruhig, so vernünftig. Fast glaubte er, sie hätte keine Ahnung. »Hast du vergessen, was du getan hast? Ich kann mir nicht vorstellen, wie das möglich ist, wenn man bedenkt, wie drastisch es dein Leben verändert hat.«

Verwirrt kniff sie die Augen zusammen. »Was ich getan habe?«

Er wollte lachen, aber die Situation hatte nichts Humorvolles. Er fand ihre Bestrebungen, die Vergangenheit zu vergessen, sogar ärgerlich. »Du bist gegangen.«

»Ich ... gegangen?« Sie schüttelte den Kopf. »Du bist an Weihnachten nicht nach Hause gekommen.«

»Warum sollte ich, wo ich doch wusste, dass du bekommen hattest, was du wolltest, und geflohen bist?«

Sie trat einen Schritt auf ihn zu, die Augen dunkel und die Muskeln ihres Kiefers angespannt. »Ich habe überhaupt nicht bekommen, was ich wollte. Ich wollte nur dich.« Ihre Worte trafen ihn schneidend und weckten die Qual, die er lange begraben geglaubt hatte. »Du hast allerdings behauptet, ich sei nicht gut genug, und du könntest mich nicht zu deiner Herzogin machen.«

Nein, so war das ganz und gar nicht gewesen. Er dachte an die damalige Zeit zurück, an den Besuch, den sein Vater ihm in Schottland abgestattet hatte, wo Calder den Herbst in der Jagdhütte eines Freundes verbrachte. Die Nachricht, die er überbracht hatte, brauste durch Calders Gedanken.

Sein Vater hatte ihn im Aufenthaltsraum der Jagdhütte getroffen, sein Gesichtsausdruck ließ ihn nichts Gutes erahnen. »Ich weiß, dass du schlecht von mir denken wirst, aber dies ist ein Fall, in dem der Zweck die Mittel durchaus rechtfertigt.« Calder hätte sich nicht im Entferntesten vorstellen können, was er als Nächstes gesagt hatte. »Ich habe Miss Templeton und ihrer Familie eine große Summe Geld angeboten, damit sie Hartwell verlassen. Sie war mehr als erpicht darauf, dieses Angebot anzunehmen. Sie hat dich nie gewollt, sondern nur deinen Titel und, noch wichtiger, Geld. Ich musste sie nicht

einmal überzeugen – sie war erleichtert, von allen Verspre-
chungen befreit zu sein, die sie dir gemacht hatte.«

Mit einer unheimlichen, leisen Stimme, die für seine
eigenen Ohren fremd klang, antwortete Calder ihr. »Das
habe ich *niemals* gesagt. Leugnest du, dass deine Familie
Geld von meinem Vater genommen und Hartwell
verlassen hat?«

»Geld? Nein!« Sie stemmte die Hände in die Hüften
und ihre Augen glühten vor Wut. »Wir haben Hartwell
verlassen, weil mein Vater dachte, dass ich von dir fort-
kommen wollte. Er hat seinen Hof verkauft und wir sind
nach York gezogen, wo mein Bruder lebt.«

Sie musste lügen. Calder fiel keine andere Erklärung
ein.

Eine hatte er allerdings. Sein Vater war nicht erfreut
gewesen, zu erfahren, dass Calder Felicity den Hof machen
wollte. Andererseits war sein Vater aber auch selten über
Calders Taten erfreut gewesen.

Er schaffte es, seine Stimme wiederzufinden – gerade
so. »Mein Vater hat behauptet, er hätte dir Geld angeboten,
damit du gehst, welches du gern genommen hast, und froh
gewesen seist, von mir befreit zu sein.«

Sie wurde blass, und Calder fragte sich, ob sie in
Ohnmacht fallen würde. Dann erkannte er, wie sie die
Schultern versteifte. »Ich habe nichts dergleichen getan,
und dein Vater hat mir auch nichts angeboten außer einem
Brief von dir, mit dem du erklärt hast, mich nicht heiraten
zu wollen, und dass ich keine geeignete Frau für einen
Herzog sei.«

Calder fühlte sich schwerelos, als würde er schweben,
als wäre der Boden unter ihm weggerissen worden. »Ich
habe dir keinen Brief geschrieben.«

Sie kam näher und streckte ihm ihre Hand entgegen.
»Geht es dir gut?«

Er wich zurück, außerhalb ihrer Reichweite. »Mir geht es gut.« Doch es ging ihm gar nicht gut. All das, was er in den letzten zehn Jahren geglaubt hatte, war eine Lüge. Sein Vater hatte einen Keil zwischen Felicity und ihn getrieben. Nein, keinen Keil. Er hatte ihre Träume zu Asche verbrannt.

Und Felicity hatte einen anderen geheiratet, während Calder nach London gegangen war und so lange auf die Pauke gehauen hatte, bis er außer den Kleidern, die er trug, und dem Smaragdschmuck, der eine Hinterlassenschaft seiner Mutter war, alles verloren hatte. Die Halskette, die Ohrringe und der Ring waren für seine Frau bestimmt gewesen. Stattdessen hatte er sie verkauft und sie genutzt, um ohne die Hilfe seines Vaters wieder auf die Beine zu kommen.

»Nun, *mir* geht es nicht gut«, bemerkte Felicity, mit gefurchter Stirn und herabhängenden Mundwinkeln. Sie verschränkte die Arme vor der Brust und wirkte, als würden ihr die Worte fehlen. »Ich dachte, du wolltest mich nicht. Zu wissen, dass du mich wolltest ...«

»Sag nichts mehr.« Calder wollte diesen Gedankenpfad nicht weiter verfolgen. Das lag weit zurück in der Vergangenheit. Er war nicht mehr derselbe Mann, der sich mühelos manipulieren ließ. »Wir können nicht ändern, was geschehen ist.« Und allein die Vorstellung daran würde einer Flut von Verletzungen die Tore öffnen, die zu bewältigen er sich nicht zutraute. Und das wollte er auch nicht.

»Du kannst das einfach so vergessen?« Sie blinzelte ihn an und dann sah sie ihm für einen langen, unbehaglichen Augenblick fest in die Augen. »Wir können die Vergangenheit nicht ändern, aber das Wissen um die Wahrheit ändert alles.«

»Nein, das tut es nicht.« Das konnte nicht sein. Er

verbat sich, sich für ... irgendetwas zu öffnen. »Ich muss wieder an die Arbeit gehen.« Er machte Anstalten, sich umzudrehen, aber sie kam ihm zuvor und umklammerte seinen Arm.

Obwohl sie Handschuhe trug und seine Haut durch die Schichten seiner Kleidung von ihrer Berührung getrennt war, konnte er die Verbindung bis ins Mark spüren. Wie ein Zischen durchfuhr ihn die Empfindung und weckte eine Sehnsucht, die er seit Ewigkeiten nicht mehr erlebt hatte.

Oder, genau gesagt, seit zehn Jahren nicht mehr.

Er befreite seinen Arm aus ihrem Griff und starrte auf ihre Hand. Sie hatte sie sinken lassen und blickte zu ihm auf. »Ich habe dir gesagt, dass ich nicht gehe, bevor wir uns nicht über den zweiten Weihnachtstag besprochen haben.«

Das hatte sie gesagt, verdammt. »Da gibt es nichts zu besprechen. Thornaby ist dieses Jahr Gastgeber.«

»Warum nicht du?«

Weil sein Vater es geliebt hatte. Alle glaubten, dass das Fest am zweiten Weihnachtstag für die Gefolgsleute und die Dorfbewohner war, und dass es ihr Lieblingstag im Jahr sei. Das mochte zwar alles stimmen, aber Calders Vater hatte diesen Tag am meisten geliebt. Alle verehrten ihn als eine Art König, als ein wohlmeinendes Wesen, das seinem Volk einen Tag der Ruhe und des Feierns gewährte. Sein gesamtes Bestreben war einzig darauf ausgerichtet, sich Lob und Verehrung zu verdienen. Und es funktionierte für alle, selbst für Calders Schwestern.

»Es ist eine kostspielige Veranstaltung.« Wenngleich die Unkosten nicht der Hauptgrund für seine Weigerung waren, das Fest auszurichten, war diese Behauptung keine Lüge. Sie zog die blonden Augenbrauen kurz hoch. »Ich bin sicher, dass du dir das leisten kannst.«

»Du weißt nichts über meine Finanzen, und du solltest

auch keine Vermutungen anstellen.« Er *konnte* es sich leisten, doch nachdem er alles verloren und ganz allein ein Vermögen angehäuft hatte, wollte er nichts davon hergeben. Und die Wahrheit war, dass sein Vater trotz gegenteiliger Behauptungen, ein dürftiger Vermögensverwalter gewesen war. Es war Vermögen vorhanden, aber nicht in dem Umfang, wie es hätte sein sollen. Calder plante, das Herzogtum finanziell besser abzusichern als je zuvor.

»Ich bitte um Verzeihung«, entschuldigte sie sich, aber er nahm den Anflug von Verzweiflung in ihrer Stimme wahr. »Was wäre, wenn andere die Kosten übernähmen und du nur erlaubst, das Fest hier stattfinden zu lassen? Es würde die Umstände durch den Transport aller Gäste nach Thornhill erleichtern.«

»Das ist nicht meine Sorge.«

Sie schnaubte frustriert und senkte die Brauen tief über ihre zauberhaften Augen. »Natürlich ist es das. Der zweite Weihnachtstag ist seit Generationen die Sorge der Herzöge von Hartwell.«

»Jetzt nicht mehr.«

Sie legte den Kopf schief, während ihre Miene ihre Neugier widerspiegelte und flehend zugleich war. »Warum? Was hat sich geändert?«

»Ich bin jetzt der Herzog. Es gibt keine Vorschrift, die besagt, dass ich bei irgendetwas Gastgeber sein muss.« Gereizt, von ihr in Frage gestellt zu werden, sah er sie verärgert an, aber auf eine eigentümliche Weise genoss er ihren Austausch auch. Was zum Teufel war mit ihm los? »Selbst wenn dem so wäre, bin ich der Magistrat.«

»Du würdest also das Gesetz brechen, um dir selbst zu helfen?«

»Ich *bin* das Gesetz. In diesem Fall gibt es jedoch kein Gesetz, sondern lediglich deine Erwartung.«

Sie sog scharf die Luft ein, und zum ersten Mal

erkannte er etwas in ihren Augen, das ihm nicht gefiel: Mitleid. Und einfach so verflüchtigte sich jede Freude, die er empfunden hatte – und es war die erste seit einiger Zeit gewesen. »Bist du meinetwegen so geworden? Oder eher durch das, was dein Vater getan hat?«

Auf einmal explodierten eintausend Gefühle in ihm, von denen er sich keinem stellen wollte. Er war mit diesem Gespräch fertig. »Du hast erledigt, wozu du gekommen bist. Wir haben die Vergangenheit geklärt und über den zweiten Weihnachtstag gesprochen. Ich glaube, wir sind fertig miteinander.«

Seine Feststellung klang endgültig, und er meinte sie auch so. Angesichts der geringfügigen Verengung ihrer Augen und dem angespannten Zug um ihren Kiefer war er sich nicht sicher, ob sie damit einverstanden war.

»Du hast noch keinen akzeptablen Grund genannt, das Fest nicht auszurichten. Du musst für nichts bezahlen.«

»Es wäre eine Unannehmlichkeit. Genau wie du im Augenblick.«

Ihr Kiefer sackte für einen kurzen Moment herab, ehe sie den Mund wieder zuschnappen ließ und die Lippen schürzte. »Du hast keinerlei Ähnlichkeit mit dem Calder, den ich kannte.«

Ihre Art, seinen Namen auszusprechen fühlte sich wie Balsam an, aber es barg auch eine Spannung. Er wollte beides nicht. »Weil dieser Mann nicht mehr existiert. Truro wird dich hinausbegleiten.« Er machte auf dem Absatz kehrt und verließ den Salon, wobei sein Herz fast so stark wie bei seinem Eintreten pochte.

»Zur Hölle«, fluchte er, als er in sein Arbeitszimmer zurückkehrte. In dem Versuch, diese Begegnung aus seinen Gedanken zu vertreiben, fuhr er sich mit der Hand durchs Haar. Aber er sah nur ihr herzförmiges Gesicht mit den bezaubernden und provozierenden Augen vor sich. Er fühlte einzig die Berührung ihrer Hand auf seinem Ärmel. Und er konnte nichts außer den schwachen Duft von Bergamotte und Rosen riechen.

Erinnerungen, die er unter großen Mühen begraben hatte, wurden in seiner Fantasie wach – wie er ihre Hand gehalten und mit ihr gelacht hatte, wie er ihre Lippen mit dem zärtlichsten aller Küsse …

Das letzte Jahrzehnt hatte er in einer Art Fegefeuer verlebt. Jetzt fürchtete er, das nächste in der Hölle zuzubringen.

KAPITEL 3

*E*inen Augenblick später trat der Butler in den Salon. Oder vielleicht war auch etwas mehr Zeit vergangen. Felicity war sich dem Fortschreiten der Minuten nicht übermäßig bewusst, da sie in einen Zustand absoluter Taubheit verfallen war.

»Mrs. Garland?«, fragte Truro leise, von der Innenseite der Tür her.

Mit einem Kopfschütteln versetzte Felicity sich in die Gegenwart zurück. Täte sie das nicht, würde sie sich vollkommen in der Vergangenheit verlieren – einer Vergangenheit, die ihr die Zukunft gestohlen hatte.

Für einen Augenblick raubte ihr die Bitterkeit den Atem. Sie hob eine Hand an ihre Brust und blinzelte, um sich vor Calders Butler nicht in einem Meer aus Tränen aufzulösen.

Aber sie war nicht weinerlich. Sie war aus strapazierfähigem, festem Material gemacht, hatte ihr Vater immer gesagt.

Ihr Vater. Hatte er eine Rolle in dem ruchlosen Plan von Calders Vater gespielt? Hatte Calders Vater ihren

Eltern einen Geldbetrag gezahlt, damit sie nach York ziehen konnten? Im Nachhinein betrachtet, war es merkwürdig, wie rasch sein Entschluss zu einem Umzug erfolgt war und mit welcher Leichtigkeit er den Hof veräußert hatte.

Abermals stockte ihr der Atem, doch diesmal drohten keine Tränen. Sie verspürte eine Welle der Empörung. Es gab jedoch niemanden, gegen den sie die Emotionen richten konnte.

»Mrs. Garland?«, wiederholte der Butler.

»Verzeihung«, entgegnete sie hastig. »Sie können mir wohl nicht sagen, wo ich Seine Gnaden finden kann?«

Truro warf ihr einen bedauernden Blick zu und ein kurzes Zucken erfasste seine Gesichtszüge. »Ich halte das nicht für klug.«

»Wahrscheinlich nicht. Ich muss allerdings noch einen Moment mit ihm sprechen. Wenn Sie es mir nicht sagen, werde ich mich auf die Suche nach ihm begeben.« Sie warf ihm einen durchtriebenen Blick zu. »Werden Sie mich aufhalten?«

Er straffte sich, und seine Augen spiegelten einen Anflug von – Bewunderung. »Das werde ich nicht.« Er senkte die Stimme, bis er beinahe flüsterte. »Sein Arbeitszimmer befindet sich in der nordöstlichen Ecke.«

»Gott segne Sie, Truro.« Sie lächelte ihm zu, ehe sie aus dem Zimmer eilte.

Gütiger Himmel, was tat sie da? Calder wollte sie nicht sehen. Er hatte ihre Unterhaltung im Salon kaum ausgehalten. Außerdem schien er bezüglich des zweiten Weihnachtstages vollkommen starrsinnig zu sein.

Und dennoch war da etwas in seinem Inneren – etwas, das sie flüchtig wahrgenommen hatte, als sie von ihm hatte wissen wollen, ob sein Vater ihn zu dem gemacht hatte, der er jetzt war. Wenn sie zurückdachte, hatte Calder nicht viel von seinem Vater erzählt. Jetzt, da sie wusste, dass dieser Mann ihre beinahe Brautwerbung mit seiner Inszenierung vereitelt hatte, fragte sie sich, auf welche Weise er Calder sonst noch beeinflusst hatte. Was wusste sie nicht?

Wahrscheinlich nichts, was er ihr gestehen würde.

Sie wollte es dennoch versuchen. Vor zehn Jahren hatte sie ihn geliebt und er hatte sie geliebt. Ohne ihrer beider Verschulden, abgesehen von naiver Idiotie, den Lügen zu glauben, die sein Vater gesponnen hatte, waren sie ihrer gemeinsamen Chance beraubt worden. *Damals.*

Jetzt bot sich ihnen noch eine Chance. Felicity wollte sie nicht vertun.

Sie fand sein Arbeitszimmer mühelos. Allerdings war die Tür geschlossen. Nachdenklich kaute sie auf der Unterlippe, als sie davorstand. Sie sollte eigentlich anklopfen, doch über die Wahrung der Schicklichkeit war sie eigentlich hinaus.

Bevor sie sich ihr Vorhaben ausreden konnte, öffnete sie die Tür und trat ein. Calder drehte sich vor der Anrichte auf der rechten Seite des Zimmers herum. Im Kamin an der linken Wand knisterte ein Feuer und ein Sessel stand schräg in der Nähe davor, der abstrahlende Wärme empfing. Sein Schreibtisch, auf dem ein Hauptbuch und die ordentlich gestapelte Post lagen, stand vor einem breiten Fensterflügel.

Sie nahm all das sehr kurz zur Kenntnis, ehe sie den Blick auf ihre Beute richtete. »Du scheinst einen Freund zu brauchen. Ich möchte mich für den Posten anbieten.«

Er starrte sie mit offenstehendem Mund an. Er knirschte mit den Zähnen. »Ich brauche keinen Freund, und wenn ich einen bräuchte, wärst du es nicht.«

»Warum nicht? Wir waren sehr gute Freunde, glaube ich. Mehr als Freunde, aber das müssen wir nicht erörtern. Mir ist bewusst, dass viel Zeit verstrichen ist.« Ihr wurde es eng ums Herz. So viel verlorene Zeit. Dennoch konnte sie diese Zeit nicht einfach wegdenken – sie hatte ihren Mann und die Jahre, die sie zusammen verbracht hatten, sehr gern gehabt. Es war genau die Art von Ehe gewesen, zu der ihre Mutter sie ermutigt hatte. Ihre Verbindung hatte auf gegenseitigem Respekt und gemeinsamen Interessen beruht. Mutter hatte prophezeit, dass die Liebe sich mit der Zeit einstellen würde, so wie es zwischen ihr und Papa gewesen war, aber Felicity hatte dieses Gefühl für James nie wirklich empfunden – zumindest nicht so, wie sie es für Calder verspürt hatte.

Oh, Calder. Ihr tat das Herz weh, ihn so vor sich stehen zu sehen. Sein Gesicht war gezeichnet, sein ganzes Gebaren strahlte eine scheinbar undurchdringliche, kalte Unnahbarkeit aus.

»Es ist eine Ewigkeit vergangen«, antwortete Calder. »Wie hast du mich gefunden? Muss ich Truros Anstellung kündigen?«

»Gewiss nicht. Ich habe ihm gesagt, ich würde gehen, aber stattdessen habe ich dich gesucht.«

»Welch eine Freude.« Er schenkte sich ein Glas Brandy ein.

War das Sarkasmus? Das war weitaus besser als diese elende Frigidität!

Sie beäugte das Glas in seiner Hand. »Willst du mir nichts anbieten?«

»Nein. Ich will, dass du gehst.«

»Das werde ich, wenn du mir etwas versprichst.«

Er schnaubte und dann nahm er einen Schluck von seinem Brandy. Er sah sie mit hochgezogener Augenbraue an und ihr Herz machte einen Satz. Das war eher der Calder, den sie gekannt hatte. Und geliebt hatte.

»Versprich mir, darüber *nachzudenken*, uns zu erlauben, den zweiten Weihnachtstag hier feiern zu dürfen.«

»Gut.«

Sie würde ihr Haus in York darauf verwetten, dass er log. »Ausgezeichnet. Ich komme morgen wieder, damit wir es noch einmal besprechen können.« In der Zwischenzeit würde sie Bianca aufsuchen und sich vergewissern, dass genügend finanzielle Mittel zur Unterstützung der Veranstaltung bereitstanden, ohne Calder um einen Beitrag bitten zu müssen.

Er legte die Stirn in tiefe Falten und sein ganzes Gesicht verzerrte sich dabei, sodass sie beinahe auflachte. »Bitte tu das nicht.«

»Dann kannst du mich besuchen. Ich wohne bei meiner Mutter in Hartwell. Sie hat das Ivy Cottage gepachtet.«

»Nein.«

»Dann komme ich hierher.«

»Du bist ungemein hartnäckig. Sogar noch schlimmer als Bianca.«

»Das ist ein großes Kompliment, danke. Ich werde so lange hartnäckig bleiben, bis du zustimmst. Ich habe nichts Besseres zu tun, weißt du?«

»Ich schon«, gab er säuerlich zurück, ehe er noch mehr Brandy trank.

»Weißt du, oder hast du etwas Besseres zu tun?«

Er sah sie mürrisch an. »Beides. Besuche mich morgen nicht. Ich werde über deine Anfrage nachdenken und dir bis … Donnerstag Bescheid geben.«

»Es wäre besser, früher Bescheid zu wissen, damit wir die Arrangements umändern können.« Sie sah ihn mit ihrem einnehmendsten Lächeln an.

»Du glaubst tatsächlich, dass ich meine Meinung ändern werde.«

»Wenn ich das nicht glaubte, würde ich jetzt aufgeben. Ich werde am Mittwoch wiederkommen, in Ordnung?« Sie wartete nicht, bis er antwortete. »Ich möchte auch, dass du deine Unterstützung für Hartwell House noch einmal überdenkst. Ich weiß, dass das Gebäude baufällig ist und du die Förderung unterlässt, die dein Vater« – sie kräuselte die Lippe ein wenig – »der Institution hatte zukommen lassen.«

Wie hatte der Mann so gutherzig sein können, wenn es um die Aufwendungen für wohltätige Zwecke und seine Pächter und Bediensteten ging, und andererseits so absolut teuflisch in Bezug auf das Herz seines Sohnes? Sehnlich wünschte sie sich, Calder danach zu fragen, und hoffte, eine Chance dazu zu erhalten. Ihre Hartnäckigkeit würde sich nicht auf den zweiten Weihnachtstag oder Hartwell House beschränken ... Sie hatte mehr im Sinn, als nur einen Festtag und eine örtliche Einrichtung zu retten – sie beabsichtigte, auch ihn zu retten.

Sein grauer Blick verdunkelte sich wie regenschwere Sturmwolken. »Jetzt gehst du zu weit. Tatsächlich hast du das seit deiner Ankunft getan. Geh jetzt.«

Sie sah ihn mit einem gezielten Blick an. »Ich werde hartnäckig bleiben.« Dann machte sie kehrt und ging, ehe er noch etwas bemerken konnte.

Das war weit besser gelaufen, als sie gedacht hatte. Sie hatte halb damit gerechnet, dass er auf sie losgehen und sie für immer von seinem Anwesen bannen würde. Stattdessen hatte sie sich eine weitere Verabredung mit ihm gesichert, obwohl er nicht richtig wollte.

Als ihrer Kutsche vom Anwesen rumpelte, schwand ihre Tapferkeit. Ein melancholisches Gefühl erfasste sie. Nein, es war etwas Tieferes – eine tiefe seelische Traurigkeit über eine Liebe, die nicht verloren, sondern gestohlen worden war. Da war Wut, Verzweiflung, Bedauern und einfach ein vernichtender ... Kummer. Sie bemerkte eine Träne, die sich aus ihrem Augenwinkel gestohlen hatte und nun an ihrer Wange hinablief.

Wenn sie sich jetzt so fühlte, konnte sie sich Calders Reaktion gut vorstellen. Er war bereits so zerbrochen – zumindest erschien er ihr so. Die Nachricht über die Lüge seines Vaters, sie bestochen zu haben, musste ein niederschmetternder Schlag gewesen sein.

Falls er vorher keiner Rettung bedurft hatte, war sie der Meinung, dass er sie jetzt nötig hatte. Und sie wollte diejenige sein, die sie vollzog – ob er wollte oder nicht.

≈

*D*ie Sonne strahlte hell auf seine geschlossenen Augenlider und wärmte sein Gesicht. Das Gras unter ihm war weich und der Duft von Geißblatt lag in der Luft, als eine Brise ihn an der Nase kitzelte.

»Schläfst du?«

Die sanfte, liebliche Stimme seiner Liebsten war noch schöner als der Sommertag. Er schlug die Augen auf und sah, wie sie sich über ihn beugte. Über ihre Wangen streiften die Strähnen ihres blonden Haars, und die Sonne in ihrem Rücken erzeugte einen Heiligenschein um ihren Kopf.

»Du siehst wie ein Engel aus«, wisperte er.

»Dann bist du gewiss der Teufel.« Sie wackelte mit der Braue, und dann lachte sie leise.

»Verführerin«, murmelte er, ehe er eine Hand um ihren Hals schlang und sie zu sich herabzog, damit sie ihn küsste.

Ihre Lippen begegneten sich und entfachten Leidenschaft und Verlangen. Die Begierde übermannte ihn. Es war eine Qual, sie so zu küssen und zu wissen, sich nicht weiterwagen zu können. Das würde er nicht tun – solange sie nicht verheiratet waren.

Er teilte die Lippen und sie tat dasselbe, worauf ihre Zungen von Hunger und Neugier getrieben aufeinanderprallten. Mit der anderen Hand fasste er ihre Hüfte und zog sie auf sich.

Sie presste sich an ihn und brachte ihre Körper flach aufein-

ander. Er stöhnte und schwelgte in der puren Freude ihrer Umarmung und dieses perfekten, glückseligen Nachmittags. Wenn es nur immer so sein könnte ... Wenn sie heirateten, dann wäre es so. Nach seiner Rückkehr aus Schottland würde er ihr über die Weihnachtsfeiertage den Hof machen, und sie würden nach dem Dreikönigsfest heiraten. Die Zukunft hatte noch nie so wundervoll ausgesehen.

Er drehte sie auf den Rücken und reizte sie damit, in seinen Mund zu keuchen, um daraufhin zu kichern. Er zog sich lange genug zurück, um sie anzugrinsen. Dann geriet der Boden in Bewegung.

Die Grashalme wuchsen, ehe sie sich um sie schlangen und ihren Körper vereinnahmten, als die Erde unter ihr nachgab. Ihre grünen Augen wurden groß. Allmählich sank sie von ihm weg – sie wurde vom Gras und der Erde fortgezerrt. Er konnte sie nicht mehr halten. Der Schreck lähmte sein Herz und er rief ihren Namen. Immer und immer wieder.

»Lass mich nicht fort!«, rief sie. »Du hast versprochen, dass wir zusammen sein würden.«

»Niemals.« Die Stimme seines Vaters erklang dröhnend wie ein Donner überall um ihn herum. Die schwindende Sonne nahm ihr Licht und die Wärme mit sich. Die Erde wurde grau und unfruchtbar.

Dann hatte der Boden sie ganz verschluckt, und er lag mit dem Gesicht nach unten im Gras. Allerdings war es kein Gras mehr. Es war ein Teppich, der sich an sein Gesicht presste.

»Du bist jämmerlich.« Wieder war es sein Vater.

Calder blinzelte, als seine Wohnung in der Albany deutlich wurde.

»Ich gebe dir kein Geld mehr«, fauchte der Herzog. »Du bist auf dich allein gestellt. Du beschämst mich und unsere Familie.«

Calders Magen geriet in Aufruhr. »Das bin ich nicht«, murmelte er und seine Stimme hatte dabei jedes Volumen eingebüßt.

»Reiß dich zusammen und komm zu Besuch. Ich setze dich in eine Postkutsche zum County Durham.«

Nach Hause ... nach Hartwell ... wo sie das Geld ihm vorgezogen hatte. Er würde nie zurückkehren.

»Nein«, krächzte Calder, der den Kopf vom Boden hob und zu der düsteren Gestalt schielte, die über ihm aufragte.

Eine Stiefelspitze prallte gegen Calders Rippe. »Dann bist du auf dich allein gestellt.«

Calder ließ den Kopf sinken, doch unter ihm war kein Fußboden. Der Untergrund war weich wie ein Kissen ...

Keuchend drehte Calder sich um und setzte sich mit bebendem Brustkorb auf. Der Schweiß troff ihm von der Stirn, als die Bettlaken von seinem Oberkörper rutschten. Er holte tief Luft und versuchte, den Albtraum abzuschütteln, der ihn fest im Griff hatte.

Es war nur ein Traum.

Diese Dinge waren allerdings tatsächlich geschehen. Es waren Erinnerungen - der glückselige Nachmittag mit Felicity, die kalte Herzlosigkeit seines Vaters.

Doch er betrachtete sie jetzt aus einer anderen Perspektive. Sein Vater war noch grausamer gewesen, als Calder damals bewusst war. Seine Ansprüche und Forderungen – seine Misshandlung – all das war schlimm genug gewesen, aber inzwischen wusste Calder, was er in Wahrheit verbrochen hatte. Sein Vater hatte böswillige Täuschung angewandt, um ihn von der Frau zu trennen, die er liebte. Sie hatte nie Geld von ihm genommen.

Das sagte sie jedenfalls.

Calder wischte sich mit einer Hand über seine feuchte Stirn. Ganze zehn Jahre hatte er damit zugebracht, sie zu hassen, und nun war er bereit, ihre Aussage einfach als Wahrheit hinzunehmen?

Die Alternative wäre, der Version seines Vaters darüber Glauben zu schenken, was passiert war. Zehn Jahre früher hätte er Felicity ohne jeden Zweifelt geglaubt. Doch jetzt ... jetzt war er verbittert und misstrauisch und schützte sich vor allem und jedem.

Sein Herzschlag hatte sich beruhigt und als der Schweiß auf seiner Haut zu schwinden begann, wurde ihm kalt. Auf dem Kaminrost schwelten die Kohlen, die durch einen Spalt im Vorhang um sein Bett sichtbar waren. Mürrisch ließ er sich zurücksinken und zog die Decke bis zum Kinn hinauf.

Die Wahrheit spielte keine Rolle. Was sich vor einem Jahrzehnt zugetragen hat, war Vergangenheit, und sie vermochten nichts daran zu ändern. Er hatte seine Verzweiflung und sein Versagen aus eigener Kraft überwunden, und nach dem Tod seines Vaters würde er nun ein neues Vermächtnis für das Herzogtum erschaffen. Sein Vater hatte von ihm erwartet, in seinen Bemühungen erbarmungslos zu sein, ob in der Schule, der Ehe oder auf finanziellem Gebiet. Er hatte von Calder verlangt, in allem der Beste zu sein – es gab keine Zeit für Liebe oder Weichherzigkeit. All das konnte später kommen, wenn er alles Erforderliche verwirklicht hätte, um sich als einer der führenden Adligen des Reiches zu etablieren. Jeder Herzog war es seinem Erbe schuldig, höher aufzusteigen als der letzte.

Genau das war Calders Bestreben. Sein Vermögen war größer, seine Besitzungen weitläufiger, sein Einfluss unvergleichlich. Nun wäre es an der Zeit, sich eine Frau zu nehmen und die örtliche Gemeinschaft zu unterstützen ... und das waren Dinge, die sein Vater von ihm verlangt hätte, wenn er hier wäre.

Aber das war er nicht, und Calder würde das genaue Gegenteil tun. Sein Vater wäre entsetzt, zu erfahren, dass er nie heiraten oder einen Erben hervorbringen würde, dass er sich weigerte, Hartwell House zu unterstützen und dass er einer jahrhundertealten Tradition ein Ende gemacht hatte.

Und das machte Calder froh.

Nun, so froh, wie Calder je sein konnte. Denn dies war eine Emotion, die er nicht mehr kannte.

Doch andererseits war da heute Nachmittag ein Flimmern gewesen ... als Felicity ihn besucht hatte ...

Warum zum Teufel hatte er sich einverstanden erklärt, darüber nachzudenken, das Fest zum zweiten Weihnachtstag hier abzuhalten? Und warum hatte er eingewilligt, dass sie ihm *noch* einen Besuch abstattete, der nur seine sorgfältig errichtete Fassade auf den Kopf stellen würde?

Sie hatte ihn auch gebeten, seine Entscheidung zu überdenken, Hartwell House nicht länger zu unterstützen. Aber er war kein Held – nicht für sie und für niemanden. Je eher sie das akzeptierte, umso besser wäre es für sie alle.

Er hatte über Hartwell House nachgedacht, wie er es seinen Schwestern gegenüber erwähnt hatte. Es war an der Zeit, diesen Gedanken wahrzumachen. Hartwell House sollte ein Armenhaus sein. Wenn Shield's End, Buckleighs Besitz wiederaufgebaut würde, sollte es als Armenhaus fungieren, das vom Bezirk geleitet würde. Die Leute zu verweichlichen, hatte noch nie etwas Gutes bewirkt – in diesem Aspekt hatte sein Vater zumindest recht gehabt.

Calder schloss die Augen und hoffte, dass sein Schlaf nicht weiter gestört würde. Er hatte hart gearbeitet, um die Erinnerungen daran zu hindern, an die Oberfläche zu steigen. Die Vergangenheit musste bleiben, wo sie hingehörte: In der Vergangenheit.

KAPITEL 4

»Guten Morgen, Mrs. Garland«, begrüßte ihr Hausmädchen Felicity mit einem freundlichen Lächeln.

Von einer ruhelosen Nacht müde, unterdrückte Felicity ein Gähnen, als sie die letzte Stufe hinunterschritt. »Guten Morgen, Agatha. Ist meine Mutter auf?«

»Ja, sie hat sich gerade an den Tisch gesetzt. Ich werde Ihr Frühstück holen.«

»Danke.« Felicity nickte und die etwa zehn Jahre ältere Frau, die mit ihrem Ehemann und Sohn gerade außerhalb des Ortskerns von Hartwell wohnte, begab sich in die kleine Küche im hinteren Teil des Häuschens.

Felicity ging in die Stube weiter, wo sie an einem runden Tisch für zwei Personen, neben dem Fenster mit Ausblick auf die Straße, ihr Frühstück einnahmen. Sie zögerte an der Tür. Wie Agatha gesagt hatte, saß ihre Mutter bereits am Tisch.

Nachdem sie die gesamte Nacht damit verbracht hatte, an Calder zu denken und an die Jahre, die sie verloren hatten, war Felicity geistig ebenso erschöpft wie körperlich. Abgesehen davon wusste sie, dass sie den Mut aufbringen musste, mit ihrer Mutter über das zu sprechen, was sie gestern erfahren hatte.

Felicity war gestern bei ihrer Heimkehr nicht imstande gewesen, das Thema anzuschneiden. Sie war von dem neuen Wissen zu überwältigt – und davon, Zeit mit Calder verbracht zu haben.

Ihr ging das Herz auf, wenn sie an ihn dachte, was allerdings nur einen Augenblick anhielt, ehe die Wucht seiner Kälte es zerquetschte. Und dann hatte sie das Gefühl, für ihn verbluten zu können.

»Felicity?«, rief ihre Mutter vom Tisch. Sie runzelte die Stirn, als sie Felicity mit einem verblüfften Gesichtsausdruck ansah. »Hast du etwas vergessen?«

»Nein.« Felicity deutete ein winziges Kopfschütteln an, ehe sie zum Tisch hinüberging und sich ihrer Mutter gegenübersetzte, die ihr eine Tasse Tee einschenkte.

»Hast du gut geschlafen?«, erkundigte sich ihre Mutter.

»Nicht besonders.« Es hatte keinen Sinn, Ausflüchte zu machen. Sie musste ihren Kopf klären. »Der Besuch, den ich gestern abgestattet hatte, war bei Seiner Gnaden.« Sie musste nicht sagen, welchen Herzog sie meinte. Es gab nur einen im Umkreis und es gab wirklich nur einen, soweit es Felicity anbelangte.

Ein Ausdruck der Überraschung huschte über das Gesicht ihrer Mutter, ehe sie ein Brötchen aus dem Korb neben ihnen nahm. »Und wie hat er dich empfangen?«

»Nicht gut«, antwortete Felicity.

Agatha kam mit zwei abgedeckten Tellern und stellte sie vor sie beide hin. Als sie die Hauben abnahm, enthüllte sie die darunter befindlichen Rühreier und Schinken. Sie wünschte einen guten Appetit, ehe sie sich entfernte.

Felicity nahm ihre Gabel in die Hand, aber sie aß nicht. Stattdessen beäugte sie ihre Mutter weiterhin mit einem Gefühl der Unsicherheit. »Er betrachtet mich mit großer Missachtung. Er glaubt, ich hätte Geld von seinem Vater angenommen und Hartwell verlassen, um einer Heirat mit ihm zu entgehen. Natürlich habe ich so etwas nicht getan.« Eine innere Unruhe toste in ihr, aber sie fuhr fort. »Ich frage mich allerdings, ob Papa das getan hat. Ob er Geld von seiner Gnaden angenommen hat, meine ich.« Na also, sie hatte es gesagt.

Mutter hielt beim Schneiden ihres Schinkens inne und ihr Körper versteifte sich. Als sie Felicitys Blick begegnete, standen ihr die Tränen in den Augen. »Es tut mir so leid.« Die Entschuldigung war leise und sanft und sie zerrte an Felicitys malträtiertem Herzen.

»Oh, Mama.« Felicitys Kehle brannte, aber sie schluckte das Gefühl herunter. Sie streckte die Hand quer über den Tisch und berührte ihre Mutter am Handgelenk. »Warum würde er das getan haben?«

Schniefend legte Mama ihr Besteck beiseite und dann tupfte sich sie mit ihrer Serviette die Augen. »Dein Vater hat davon gesprochen, den Hof zu verkaufen – er war müde und keiner deiner Brüder wollte ihn übernehmen. Als Seine Gnaden ihm eine große Geldsumme dafür anbot, hat Percy zugegriffen. Aber es gab eine Bedingung: Wir mussten Hartwell verlassen und du durftest Chilton nicht heiraten.« Sie bezog sich auf Calder, unter seinem früheren Titel. »Dein Vater hat eingewilligt.«

»Der Herzog hat dafür gesorgt, dass ich seinen Sohn nicht heirate.« Zorn stieg in Felicity auf. Sie verschränkte die Hände in ihrem Schoß und quetschte vor Frustration ihre Finger. »Er hat einen Brief von Calder gefälscht, in dem er sagte, dass er mich nicht heiraten wollte, und dass ich nicht gut genug sei. Aber das weißt du natürlich«, stellte sie traurig fest und erinnerte sich daran, wie sie sich wochenlang bei ihrer Mutter ausgeweint hatte, sogar nachdem sie nach York umgezogen waren.

Mama nickte, während sie frische Tränen abwischte. »Ich war nicht sicher, ob es eine Fälschung war, aber es schien klar, dass Seine Gnaden eure Heirat nicht guthieß. Er war ein sehr mächtiger Mann, Felicity. Wir haben das Geld genommen und sind gegangen, genau wie er es wollte.«

Felicity wollte es verstehen, doch der Schmerz in ihrer Brust brachte sie beinahe um. »Ich habe ihn geliebt.«

»Das hast du gesagt, aber du warst zu jung.«

»Jetzt bin ich nicht mehr zu jung. Ich kenne meinen Verstand – damals und jetzt. Ich habe ihn geliebt und er hat mich geliebt. Wir haben ein Jahrzehnt miteinander verloren.«

»Aber du hast James geliebt!«, rief ihre Mutter aus. »Ihr hattet eine gute Ehe.«

»Ja, das hatten wir, aber ich habe ihn nicht geliebt. Ich habe ihn sehr gemocht. Das war allerdings nicht das Gleiche.« Es gab keinen Vergleich zwischen der Zuneigung, die sie ihrem zwanzig Jahre älteren Ehemann entgegen gebracht hatte und der wilden Flut von Leidenschaft, die sie für Calder empfand. Eine Leidenschaft, die gestern erneut erwacht war. Teilweise war ihre Schlaflosigkeit auf die Erinnerung zurückzuführen, wie er sie liebkost hatte … sie geküsst hatte und sie angesehen hatte, als sei sie das Kostbarste auf der gesamten Welt. Was würde sie nicht darum geben, all das noch einmal zu erleben.

»Mama, wenn ich daran denke, was ich versäumt habe, bin ich wütend und traurig. Ich kann die Vergangenheit allerdings nicht ändern.« Calder hatte zumindest darin recht gehabt, wenngleich er fehlgeleitet war, an diesen Gefühlen von Zorn und Verlust festzuhalten. »Und du auch nicht. Ich vergebe dir – und Papa.« Wenn Felicity etwas gelernt hatte, und insbesondere, nach ihrem Besuch gestern bei Calder, bestand es darin, dass das Leben zu kurz war, um Groll zu hegen oder zuzulassen, dass Emotionen von vergangenen Verletzungen bestimmt wurden.

Mama schlug sich die Hand vor den Mund und nickte, als ihr noch mehr Tränen aus den Augen strömten. Laut schniefend wischte sie sich das Gesicht ab. »Es tut mir so leid. Ich weiß ehrlich nicht, was wir sonst hätten tun sollen.« Sie erbleichte. »Ist Seine Gnaden schrecklich wütend?«

Neben anderen Dingen, aber das würde Felicity nicht zugeben. Was immer er fühlte, was immer zwischen ihnen sein mochte, war einfach nur das – es war zwischen *ihnen.*

»Er hat es überwunden«, antwortete Felicity vorsichtig.

»Er hat den Ruf, kalt und grausam zu sein. Er kommt nur selten in den Ort. Und er hat nie geheiratet. Haben wir …« Mama schüttelte den Kopf und dann wandte sie sich ab, um mit mahlendem Kiefer aus dem Fenster zu schauen.

»Wie ich sagte, können wir die Vergangenheit nicht ändern. Wir leben in diesem Augenblick und ich habe die Absicht, die Dinge so gut ich kann zu bereinigen.«

Mama ließ den Blick zu Felicity zurückschnellen und ihre Lippen teilten sich, als sie sie für einen Moment anstarrte. »Hast du vor, dich erneut auf eine Brautwerbung mit ihm einzulassen?«

Felicity zuckte mit der Schulter. »Ich weiß nicht, ob das möglich ist. Wenn ich ihm allerdings helfen kann, die Freude zu finden, die in seinem Leben scheinbar fehlt, werde ich das als Segen betrachten. Und es ist das Mindeste, was unsere Familie ihm schuldet.«

Mit einem Nicken breitete Mama die Serviette erneut über ihren Schoß. »Du hast ein gutes Herz, Liebes.«

Felicity zählte darauf, dass Calders genauso wäre,

sobald sie die Finsternis durchdrungen hätte, um es zu erreichen.

Bis zum Nachmittag hatte Felicity sich die Entschuldigungen ihrer Mutter Dutzende Male angehört und war mehr als bereit, nach Buck Manor aufzubrechen. Die Fahrt erstreckte sich über zwölf Meilen und damit war sie lang genug für Felicity, um ihre beharrliche Verärgerung von diesem Morgen abzuschütteln und ihre nächsten Schritte mit Calder zu überdenken.

Heute würde sie sich mit Bianca über den zweiten Weihnachtstag und Hartwell House unterhalten. Felicity war entschlossen, Calder zumindest bei diesen Anliegen zur Einsicht zu bewegen. Und wenn das gut verlief, würde sie ihn überzeugen, sich bei Bianca zu entschuldigen und ihr die Mitgift auszuhändigen, die er ihr verweigert hatte.

Große Güte, sie verlangte nicht gerade wenig, nicht wahr?

Es kam Felicity in den Sinn – im Grunde ständig –, sich auf eine aussichtslose Mission eingelassen zu haben. Trotzdem musste sie es versuchen. Nicht nur zum Wohle der Ortschaft, der Menschen auf dem Hartwood Anwesen und der Bewohner von Hartwell House, sondern um Calders eigener Seele wegen. Sie konnte erkennen, dass er beinahe verschwunden und nur noch die Hülse eines Mannes war.

Beinahe war hier das Schlüsselwort.

Unter dieser Hülse blitzten Hoffnungsschimmer hervor und Felicity klammerte sich daran, als würde ihr Leben davon abhängen. Oder seins.

Als ihre Kutsche auf Buck Manor ankam, vibrierte sie vor Energie und Vorfreude. Sie war bereit, die vergangenen zehn Jahre auszulöschen.

Der Butler nahm ihr die Überkleidung und äußeren Accessoires ab, ehe er sie in den Salon führte.

Tannengrün schmückte den Kaminsims und die Fenster, während ein Mistelzweig in der Nähe der Tür hing. Bianca ließ sie nicht lange warten.

»Felicity! Wie schön, Sie so bald wiederzusehen.« Bianca, ein Wirbelwind in einem waldgrünen Kleid, schritt auf sie zu. »Meine Güte, das ist eine ziemlich lange Reise, um sie allein zu unternehmen. Ihre Mutter ist nicht mitgekommen?«

Felicity schüttelte den Kopf. »Sie ist noch auf dem Weg der Genesung, obwohl es ihr wahrscheinlich gefallen hätte, mich zu begleiten. Trotzdem ist dies ein Besuch, den ich allein machen musste.«

Bianca, die eine Augenbraue hochzog, sah sie neugierig an. »Ich verstehe.« Sie zeigte einladend auf einen Sitzbereich nahe dem Kamin, in dem ein wärmendes Feuer prasselte. »Sollen wir uns setzen?«

Felicity strebte auf das Sofa zu, während Bianca sich in einem Sessel niederließ, der schräg daneben stand. »Ich habe Calder gestern besucht.« Sie benutze seinen Vornamen und entschied, sich nicht dafür zu zensieren. Er wäre immer Calder für sie und offen gestanden war es ihr egal, wer davon wusste.

Jetzt schoben sich beide Augenbrauen an Biancas Stirn empor. »Sie sind tatsächlich hingegangen?«

Felicity nickte. »Er ist wirklich in einem schlimmen Zustand, nicht wahr?«

Bianca lachte. »Wie herrlich, mit jemandem offen über ihn zu sprechen! Abgesehen von meiner Schwester und Ash natürlich. Sie sind sehr tapfer, zu ihm gegangen zu sein. Wie ist es gelaufen?«

»So gut, wie man sich vorstellen kann. Er sagte, er könnte es sich nicht leisten, das Fest am zweiten Weihnachtstag auszurichten, aber ich kann mir nicht vorstellen, wie das möglich ist.«

»Danke!«, triumphierte Bianca. »Ich auch nicht.«

»Das habe ich ihm gesagt, aber das hat ihn nur noch brummiger gemacht. Also habe ich vorgeschlagen, dass er uns – Sie und wen auch immer, meine ich – das Fest auf Hartwood abhalten lässt, ohne dass es ihn etwas kostet.«

»Verdammt, warum ist mir das nicht eingefallen?«, fragte Bianca, als sie sich mit einem Finger an die Lippe tippte.

»Wären Sie diesem Arrangement zugeneigt?«

»Ich wäre über dieses Arrangement *begeistert*. Hat er wirklich zugestimmt?« Bianca schien ungläubig. »Sie haben ein Wunder vollbracht.«

»Rechnen Sie mir diesen Verdienst noch nicht an. Er denkt darüber nach.«

»Das ist weitaus mehr, als ich bei ihm erreicht habe.« Bianca lehnte sich zurück und verschränkte die Arme. »Das ist eine ausgezeichnete Lösung und es wäre so viel unkomplizierter als alle nach Thornhill zu transportieren.«

»Hoffentlich stimmt er zu.« Felicity hatte ihre Zweifel, was bedeutete, dass sie eine Möglichkeit finden musste, ihn zu überzeugen. Vielleicht könnte sie ihn überlisten und sich direkt an Truro wenden, um ihn um Hilfe zu bitten … der Butler war ein Hoffnungsträger in diesem Haushalt.

Bianca ließ die Arme sinken und lehnte sich schnell und mit leuchtendem Blick vor. »Das wird er nicht, aber vielleicht können wir ihn überlisten.«

Felicity lachte und amüsierte sich darüber, dass sie beide mehr oder weniger auf die gleiche Lösung gekommen waren. »Wie loyal ist Truro ihm gegenüber?«

»Nicht so loyal wie zu mir«, antwortete Bianca mit einer verschmitzten Fröhlichkeit, als sie die Augen zusammenkniff. »Oh, ich muss darüber nachdenken. Sie besuchen ihn morgen wieder?« Bei Felicitys Nicken fuhr sie fort. »Es wäre vermutlich nicht hilfreich, wenn ich Sie begleiten würde.«

»Das glaube ich nicht.« Felicity zählte darauf, dass sie einen Vorteil hatte, den einzig sie besaß – Calder und sie hatten eine gemeinsame Vergangenheit. Was unglücklicherweise ihre gebrochenen Herzen beinhaltete. Vielleicht müsste sie ihm neue Erinnerungen anbieten ... »Bianca, könnten Sie organisieren, dass das Fest nach Hartwood verlegt wird?«

»Sicher. Ashs Mutter ist mir behilflich.« Bianca legte den Kopf schief. »Haben Sie auch gesagt, dass Sie mit ihm bereits über Hartwell House gesprochen haben?«

»Das habe ich, kurz. Sie sagten auf der Veranstaltung, dass es reparaturbedürftig ist.«

»Ja, mehrere der Zimmer sind undicht und es ist wirklich nicht genügend Platz, um alle unterzubringen. Das neue Shield's End wird für die Institution weitaus besser passen, aber es wird noch einige Zeit dauern und deshalb muss Hartwell House repariert werden. Außerdem planen wir, Hartwell House als Schulgebäude für die Kinder zu benutzen, die derzeit in Hartwell House leben und als Tagesschule für alle anderen in der Gegend.«

»Das ist absolut wundervoll.« Felicity verspürte einen plötzlichen Drang, nach Hartwell zurückzuziehen, damit sie an diesen aufregenden Veränderungen teilhaben konnte.

Oder war es vielleicht, damit sie Calder nahe sein konnte?

Sie war nicht bereit, diese Frage zu beantworten. Für ihn einen Zustand des Friedens und des Glücks wiederherzustellen, war etwas ganz anderes als ihre Beziehung wieder aufleben zu lassen. Allerdings hegte sie die Befürchtung, dass die Entscheidung nicht ihr oblag, ob sie das nun wollte oder nicht. Die Leidenschaft, die sie in ihrer

Jugend für ihn empfunden hatte, war ihr vollkommen außerhalb ihres Kontrollvermögens oder Vorstellungskraft erschienen.

»Poppy und Gabriel tun bereits so viel für Hartwell House«, erklärte Bianca. »Und jetzt sind Ash und ich auf den Wiederaufbau von Shield's End konzentriert. Die Unterstützung fortzusetzen, die unser Vater Hartwell House hatte zukommen lassen, ist das Mindeste, was Calder tun kann. Ehrlich gesagt wäre ich schon dankbar, wenn er einfach meine Mitgift stiften würde.«

Felicity nickte. »Das ist sehr selbstlos von Ihnen.«

»Das wäre es, wenn ich Zugriff hätte.« Sie seufzte frustriert auf. »Die Institution braucht das Geld dringender als wir und nötiger als Calder, wage ich zu sagen. Ehrlich gesagt ist es mir ein Rätsel, wie er sich zu so einem Geizhals entwickelt hat.«

Felicity dachte, dass sie zumindest einen Teil der Geschichte kannte, aber sie vermutete, dass mehr dahinter steckte. Und sie war entschlossen, es herauszufinden.

~

Wenngleich Calder Felicitys Besuch erwartete, pochte sein Herz dennoch, als ihre Kutsche vor dem Haus anhielt. Er konnte das Gefährt vom Fenster seines Arbeitszimmers aus sehen, aber andererseits hatte er auch schon seit einer Stunde oder noch länger nach ihr Ausschau gehalten.

Er erhob sich hinter seinem Schreibtisch und trat an das Fenster. Letzte Nacht hatte er wieder von ihr geträumt, aber nicht so, wie in der Nacht davor. Das war ein Albtraum gewesen – wegen seines Vaters.

Calder schob die Gedanken an ihn beiseite. Er hatte Calders Leben einmal ruiniert – vielleicht auch ein zweites

Mal, und er weigerte sich, ihm zu gestatten, das noch einmal zu tun.

Er beobachtete, wie sie aus der Kutsche stieg und dann aus seinem Blickfeld verschwand. Er drehte sich zur Tür, holte tief Luft und wartete auf Truro, der herkommen würde, um ihn zu holen.

Isis saß vor dem Feuer und ihr Blick war auf ihn fixiert, als ob sie ebenfalls erwartungsvoll ausharren würde.

Nach mehreren langen Minuten fing Calder an, herumzulaufen. Was dauerte da so lange? Er verbat sich, auf die Suche nach ihr zu gehen. In der Zwischenzeit verfolgte Isis seine Bewegungen und ihr Blick ließ nicht von ihm ab.

Endlich klopfte Truro an der Tür.

»Herein«, bellte Calder und runzelte streng die Stirn, als er anhielt und sich zur Tür drehte.

Truro öffnete die Tür und neigte den Kopf. »Mrs. Garland ist hier. Sie erwartet Euer Gnaden im Salon.«

»Es wird aber auch verdammt Zeit«, murmelte Calder und marschierte an Truro vorbei in Richtung Salon. An der Türschwelle blieb er abrupt stehen und starrte auf die Szene vor ihm.

Felicity saß auf einer Decke, die in der Mitte des Zimmers ausgebreitet war, und der Rock ihres leuchtendblauen Kleides war um sie ausgebreitet wie die Blüten einer Blume. Auf einer Ecke der Decke stand ein Korb, und Teller mit Speisen waren zusammen mit zwei Krügen aufgebaut.

»Ist das Ale?«, fragte er und eine lang zurückliegende Erinnerung überkam ihn.

»Ja.«

»Und Blaubeergebäck.« Sein Blick fiel auf den Teller mit der Süßigkeit.

»Ja.«

Er kannte alles, was auf der Decke angerichtet war – es war die Neugestaltung eines Picknicks, das sie vor zehn Jahren abgehalten hatten. An dem gleichen Tag hatte er sie unter der sengenden Sonne geküsst. Es war der Tag, von dem er neulich geträumt hatte, ehe ihn der Albtraum heimgesucht hatte.

Schleichend überkam ihn ein Gefühl der Vorsicht und verwischte das schockierende Aufwallen von Freude. Sogar die Decke, auf der sie saß, schien dieselbe zu sein.

»Was tust du?« Die Frage kam ihm einfach so über die Lippen, als Verteidigung gegen einen Ansturm von Emotionen, die er nicht wollte.

»Ich mache ein Picknick. Ich bedaure, dass es draußen zu kalt ist. Ich habe befürchtet, dass es schneien könnte.«

Calder hatte sich deshalb auch Sorgen gemacht. Tatsächlich hatte er dem Himmel gedroht, wenn er Felicity an ihrem Besuch gehindert hätte. Was hieß, dass er sich auf ihren Besuch gefreut hatte. Nicht, dass er das je laut zugeben würde.

»Wirst du dich nicht setzen?«, fragte sie.

»Ich bin nicht hungrig.« Allerdings war er das. Nach ihr.

Die Jahre waren mehr als gütig zu ihr gewesen. Sie war jetzt sogar noch schöner, als er sie in Erinnerung hatte. Die Lebenserfahrung hatte ihren Zügen eine verlockende Weisheit verliehen. Und ihre Statur strahlte Selbstvertrauen und Würde aus – Dinge, die ein achtzehnjähriges Mädchen nicht immer im Übermaß besaß.

Oder ein junger Mann von zwanzig.

Gott, sie waren jung gewesen. Und naiv. Und so töricht. Zu glauben, dass sie eine Zukunft aufbauen konnten – der Erbe eines Herzogtums und die Tochter eines gewöhnlichen Bauern …

Er näherte sich der Decke wie von einem unsichtbaren

Faden angezogen. Oder vielleicht war es die Verlockung dessen, was er vermisst hatte.

Er setzte sich und durstig auf einen stärkenden Schluck Ale griff er nach dem Krug. »Hast du das Gebräu von Tom bekommen?«

Sie nickte. »Natürlich. Wo sonst würde ich es herbekommen?«

Tom war Hartwells einzige Brauerei. »Ich habe mein eigenes hier.«

»Vielleicht sollten wir das ebenfalls kosten«, schlug sie heiter vor, als sie ihren Krug in die Hand nahm. Sie hielt ihm das Gefäß entgegen und sagte: »Lass uns auf die Zukunft anstoßen.«

Darauf wollte er nicht trinken. Und dennoch *brauchte* er einen Schluck, um seine Nerven zu beruhigen. Er stieß seinen Krug nicht an ihren, aber er hob ihn und trank.

Sie tat das Gleiche und dann stellte sie ihn ab, ehe sie nach dem Teller mit dem Gebäck griff. »Möchtest du etwas Teegebäck? Meine Dienstmagd, Agatha, hat es heute Morgen gebacken. Sie ist eine begnadete Köchin.«

»Ich verstehe, worauf du aus bist«, sagte er.

»Und was wäre das?«, fragte sie unschuldig.

»Das ähnelt auf beunruhigende Weise einem Picknick, das wir einmal abgehalten haben.«

»Ist das beunruhigend? Ich hoffe doch, dass dem nicht so ist. Mir ist der Tag in guter Erinnerung. Tatsächlich gehört er zu meinen allerliebsten Rückbesinnungen.«

Sein Puls raste und er trank einen großen Schluck seines Ales. »Sind diese nicht deinem Ehemann gewidmet?«

»Nein«, antwortete sie leise. »Ich habe zauberhafte Erinnerungen an unsere Ehe, aber sie sind nicht … nicht das Gleiche.«

In Calder entfaltete sich etwas wie eine Blume, die

unter den Strahlen der Sonne blühte. »Ich habe gehört, dass du Witwe bist. Wie ist er gestorben?« Calder beschäftigte sich, indem er von seinem Teegebäck abbiss, während er ihre Antwort abwartete.

»Er war lange krank. Er war zwanzig Jahre älter als ich.«

Das hatte Calder nicht gewusst. »Du hast dich in ihn verliebt?«

»Nein. Er war gutherzig und ich hatte das Gefühl, dass ich ihn heiraten sollte.«

Er hatte sich vorgestellt, dass sie sich in einen schneidigen, jungen Mann verliebt hätte, und dann vor Trauer schmachtete, nachdem sie ihn verloren hatte. Dass das vollkommen falsch gewesen war, erschien ihm sowohl erleichternd und … traurig. »Warst du zumindest glücklich?«

»Ja. Er war ein ausgezeichneter Ehemann. Wir waren nicht mit Kindern gesegnet, aber wir hatten ein schönes Leben.«

Ihre Beschreibung klang so … angenehm. Und obwohl es nicht so war, wie er sich ihre Ehe vorgestellt hatte, war ein »schönes Leben« immer noch weit besser als Calders. »Nun, dein Verlust tut mir sehr leid.«

»Danke.« Sie nippte an ihrem Ale. »Warum hast du nicht geheiratet?« Sie beäugte ihn vorsichtig über den Rand ihres Kruges hinweg.

»Ich war zu beschäftigt.« Er hatte den Heiratsmarkt in London vollkommen ignoriert. Stattdessen hatte er mehrere Jahre mit der Perfektionierung seines ausschweifenden Benehmens verbracht und sich auf Affären eingelassen, wann immer ihm der Sinn danach gestanden hatte. In den vergangenen paar Jahren hatte er sich eine Geliebte gehalten, doch gegen Ende der Saison war er stets darauf bedacht gewesen, ihr Arrangement zu beenden. Im Augenblick konnte er sich an keines der Gesichter dieser Frauen oder ihre Namen rückbesinnen. Er erinnerte sich nur an Felicity. Ihr gewinnendes Lächeln, ihre wunderschönen Augen, ihr perlendes Lachen.

Sie griff nach einer Feige. »Es ist gut, dass wir drinnen sind. Erinnerst du dich, was bei dem Picknick passiert war?« Sie zog den Mundwinkel zu einem halben Lächeln hoch.

Zum ersten Mal seit Langem – und Calder konnte nicht sagen, wie lange – spürte er, wie seine Lippen zuckten. Wie würde es sich anfühlen, zu lächeln? Zu lachen? »Du meinst den Vogel, der auf die Decke gekotet hat? Ist dies übrigens dieselbe Decke?«

Sie nickte. »Du erinnerst dich.« Ihre Stimme vibrierte vor Glück. Der Klang durchfuhr ihn wie eintausend Feuerwerksraketen, die am Himmel explodierten.

Er erinnerte sich an jeden Augenblick – an den Vogel, ihr Gelächter, sein Gezeter auf das Federvieh, das längst entschwunden war. Der Geschmack der Beeren auf seiner Zunge, das Aufwallen des Verlangens, als er ihr zusah, wie sie sich die Finger leckte, die Weichheit ihrer Lippen an seinen.

Dass sie diese Decke aufbewahrt und heute mitgebracht hatte, entfachte einen Freudenrausch in seinem Inneren. Er trank einen weiteren Schluck Ale und war sich vollkommen uneins mit sich selbst. Dies fühlte sich plötzlich fremd und ungewollt an und doch vollkommen vertraut und … wundervoll.

»Ich habe versucht, den Tag nachzugestalten«, bemerkte Felicity leise. »Allerdings habe ich keinen Hund.«

Jetzt musste Calder lachen. Das Erlebnis war merkwürdig und so überraschend, dass Calder es in ein Husten übergehen ließ. Das Funkeln in Felicitys Blick sagte ihm, dass sie von seinem Husten nicht überzeugt war, und sie wusste, dass er gelacht hatte. »Du erinnerst dich an den Hund?«, fragte sie.

Er nickte und dann pfiff er. Einen Augenblick später trottete Isis in das Wohnzimmer. Sie kam zu ihnen und setzte sich neben Calder.

Felicity lächelte den Windhund liebevoll an. »Wer ist dieses wunderschöne Geschöpf?«

»Das ist Isis.« Calder tätschelte ihren Kopf und sie beschnupperte seine Hand. »Anders als der Hund, der uns an jenem Nachmittag gestört hat, gehört Isis zu mir.«

Jener Hund, der den Besitzern eines Häuschens in der Nähe gehörte, hatte verhindert, dass sich aus ihren Küssen mehr entwickelte. Damals hatte er dem Hund gedankt, ihn davor bewahrt zu haben, den Kopf zu verlieren. Im Rückblick wünschte er sich allerdings, dass der Hund sie nie gefunden hätte.

Felicity rutschte ein Stück zu Isis und hielt dem Hund die Hand hin, damit sie daran schnuppern konnte. »Was für ein gutes Mädchen du bist.« Isis legte den Kopf schief und Felicity streichelte ihr weiches, kurzes Fell. »Calder, sie ist entzückend.« Felicity begegnete seinem Blick und er fühlte sich unmittelbar von einer Welle des Verlangens überkommen – gefolgt von Unbehagen.

Nachdem er so lange darauf bedacht gewesen war, Gefühle – insbesondere angenehme – zu meiden, war es überwältigend, so viele auf einmal zu fühlen.

»Ich kann mir vorstellen, dass sie dich glücklich macht«, bemerkte Felicity, die Isis weiter streichelte, als sie zwischen dem Windhund und Calder hin und her sah.

Er antwortete nicht. Er fühlte sich niemals *glücklich*. Durch Isis fühlte er sich allerdings … unbeschwerter.

Felicity rutschte sich näher zu ihm und ihre Hand ruhte auf Isis Nacken. »Calder, warum bist du so? Was ist passiert? Ist das alles nur wegen dem, was dein Vater getan hat?«

Sie bezog sich auf seine Einmischung in ihre Beziehung, aber es war so viel mehr als das. Abermals ignorierte er sie. Er griff nach einem Stück Käse und nahm einen Bissen.

»Ich wünschte, du würdest mit mir reden«, bemerkte sie. »Ich könnte helfen.«

Er schluckte und dann fixierte er sie mit einem kalten Blick. »Ich brauche keine Hilfe. Und ich muss nicht mir dir oder sonst irgendjemandem reden.« Er sollte sie vor die Tür setzen, aber verdammt, er konnte sich nicht überwinden, dem nettesten Nachmittag ein Ende zu machen, den er seit Jahren erlebt hatte.

Ihm wurde bewusst, dass er keinen Beitrag leistete, damit es auch nett blieb. Er war solch ein Scheusal.

Sie verengte ihre Augen, ehe sie ihre Aufmerksamkeit auf Isis lenkte. »Ich denke, dein Herrchen möchte, dass ich ihn in Ruhe lasse. Das will ich eigentlich nicht, weil ich liebend gern den Calder finden würde, den ich früher kannte. Allerdings erkenne ich, dass das vor langer Zeit war. Also sollte ich mich vielleicht auf die Gegenwart konzentrieren.« Sie legte den Kopf schief und sah zu Calder zurück. »Ich werde aufhören, dich zu belästigen, wenn du Bianca gestattest, das Fest am zweiten Weihnachtstag hier abzuhalten.«

»Das ist Erpressung.«

»Nicht wirklich. Du hast die Situation vollkommen unter Kontrolle. Du kannst mich jederzeit rauswerfen und nie wieder mit mir reden. Ich versuche nur, mir jede Methode der Überzeugung zunutze zu machen, die mir einfällt. Ich werde dir weiterhin Vorhaltungen über dein grauenhaftes Benehmen machen, es sei denn, du stimmst meinen Bedingungen zu.«

»Und wie willst du das bewerkstelligen, wenn ich dich hinauswerfe und nie wieder mit dir rede?«

Sie war für einen Augenblick still und dann leuchteten ihre Augen auf, als ihr eine Idee kam. »Ich werde Schilder malen und sie vor deinem Haus und in Hartwell aufstellen. Ihr Zweck wird darin bestehen, dich zum Lachen zu bringen, oder zumindest zum Lächeln.«

Beinahe tat er beides in diesem Augenblick. Er musste ihrem Einfallsreichtum Respekt zollen. »Also wirst du trotz des Handels, den du angeboten hast, nicht wirklich aufhören, mich zu belästigen?«

»Vermutlich nicht. Wenn du allerdings einwilligst, das Fest hier zu veranstalten, werde ich keine Schilder malen. Noch nicht. ich habe allerdings noch weitere Forderungen, aber darüber können wir uns ein anderes Mal unterhalten.«

»Was für Forderungen sind das?« Warum fragte er? Es war, als ob er sie in Erwägung ziehen würde.

»Die Instandsetzung von Hartwell House – es ist dringend reparaturbedürftig, und das neue Shield's End wird für einige Zeit noch nicht fertiggestellt sein. Abgesehen davon soll Hartwell House als Schulgebäude benutzt werden, also muss es renoviert werden.«

»Hartwell House ist nicht meine Verantwortung. Für was immer es auch benutzt wird.«

»Das würde ich bestreiten – du bist die führende Persönlichkeit dieser Gemeinde. Oder das solltest du sein. Und Führer sollten ihre Mittel dafür verwenden, den weniger Begünstigten zu helfen.« Sie – und Isis – sah ihn fest an.

Angesichts der beiden fühlte Calder sich in der Defensive. Er schätzte es nicht, dass sein Hund sich mit der Frau verbündete, die ihm das Herz gebrochen hatte. Aber hatte

sie das wirklich, wenn sein Vater die ganze Intrige insze-
niert hatte?

Nein, aber es war für ihn weitaus leichter, zu glauben,
dass es ihr Fehler war. Wenn nicht ...

»Du hast recht, dass ich der Führer in dieser Gemeinde
bin. Hartwell House sollte ein Armenhaus sein und kein
kostenloses Logierhaus, wie es jetzt der Fall ist. Ich habe
vor, das zu ändern.«

Felicity sah ihn empört an. »Du kannst Mrs. Armstrong
nicht vorschreiben, was sie mit ihrem Besitz tut.«

Calder ignorierte ihr Aufbrausen. »Du sagtest Forderungen, in der Mehrzahl. Was ist die andere?«

Sie holte tief Luft und verengte kurz die Augen, ehe sie
antwortete. »Du sollst Bianca ihre Mitgift aushändigen.«

Wie konnte sie es wagen, sich in seine familiären Angelegenheiten einzumischen. Er stand auf und bedeutete Isis
mit einer Geste, an seine Seite zu kommen. Die Wind-
hündin gehorchte und stellte sich neben ihn. »Jetzt *werde*
ich dich hinauswerfen.«

Felicity schürzte die Lippen. »Das war es also?«

»Meine Familie geht dich nichts an. Dass du darauf aus
bist, deine Nase in diese Angelegenheiten zu stecken,
spricht von deiner schlechten Herkunft.«

Sie ließ den Blick zu ihm herumschnellen und ein
Zauber legte sich über ihn. Das Picknick aus der Vergangenheit war echt, die Hitze des Tages, die schwindelerregende Freude über ihre Präsenz.

»Das klingt wie etwas, das dein Vater gesagt hätte.«
Ihre Worte rissen ihn in die Gegenwart zurück. Ja, er
würde – und hatte oftmals – ihren Mangel an guter
Herkunft kommentiert. Deshalb hatte er in ihr keine ange-
messene Ehefrau gesehen.

Wollte sie damit zu sagen versuchen, dass er wie sein
Vater war?

Das war vielleicht das Beleidigenste, was sie zu ihm sagen konnte. »Einzig aus dem Grund, weil Buckleigh ein Earl wurde, hätte mein Vater Bianca das Geld gegeben und diese Ehe gutgeheißen. Hätte er nicht geerbt, würde mein Vater das Gleiche getan haben wie ich. *Meine* Weigerung, meine Zustimmung zu geben, beruht auf meinem Wissen, wer Buckleigh ist – ein brutaler Kämpfer, mit einer Unfähigkeit, sich zu kontrollieren. Also vergleiche mich nicht mit einem Mann, dem es nur um die Stellung eines Mannes gegangen war, und nicht um seinen Charakter.«

Seine Stimme war beim Sprechen lauter geworden. Er fühlte sich tatsächlich … leidenschaftlich. Sein Herzschlag hatte sich beschleunigt und ein befriedigendes Vibrieren beschlich ihn.

»Ich verstehe«, murmelte sie. »Ich wusste diese Dinge über Ash nicht. Ich glaube, dass er ein Handicap hat, das manchmal schwer für ihn zu kontrollieren ist. Ich weiß mit Sicherheit, dass er nicht brutal ist, und er betet deine Schwester an. Er würde alles für sie tun.«

Calder wollte nichts davon hören. Er wusste, dass seine Schwester glücklich war, und es war ihm egal. »Es ist mehr als Zeit für dich, zu gehen.«

»Ja, ich wage zu sagen, dass dem so ist«, antwortete sie seufzend. »Dann sind wir uns mit dem Fest am zweiten Weihnachtstag einig. Du lässt es Bianca hier ausrichten. Danke, Calder.«

Er wollte ihr widersprechen, aber die Worte wollten sich einfach nicht formen. Sie fuhr fort. »Ich werde wiederkommen und diese anderen Angelegenheiten mit dir besprechen, nachdem du Zeit hattest, darüber nachzudenken, insbesondere über deine Schwester. Wenn du den Disput mit ihr nicht schlichtest und die Angelegenheiten in Ordnung bringst, wirst du es bedauern. Lasse nicht zu, dass dieser Fehler weiter gärt. Ich wünschte bei Gott, dass ich dich vor zehn Jahren aufgesucht hätte – nachdem ich diesen gefälschten Brief erhalten hatte. Dann wären die Dinge vielleicht anders gewesen.«

Calder konnte nicht atmen. Es war, als wäre ein Steinhaufen über ihn hereingestürzt und hätte ihn auf dem Boden liegend unter sich begraben. Und dieser Boden würde ihn ganz und gar schlucken, so wie er es in seinem Albtraum mit Felicity getan hatte.

»Bitte geh.« Die Worte kamen rau und hart über seine Lippen. Als ihr Blick auf das Picknick fiel, erkannte er, dass all das ihr gehörte.

Er machte auf dem Absatz kehrt und mit Isis, die neben ihm trottete, marschierte er aus dem Zimmer.

»Ich werde dich bald besuchen«, rief Felicity hinter ihm her.

Calder wollte Schrecken fühlen, doch stattdessen verspürte er Vorfreude. Und das erschreckte ihn mehr, als irgendetwas anderes je vermocht hätte.

KAPITEL 5

*A*ls Felicitys Kutsche sie nach Hartwell zurückbrachte, konnte sie nicht aufhören, an Calder zu denken. Er hatte wirklich *gelacht.* Bis er versucht hatte, es mit einem Husten zu kaschieren. Aber sie hatte ihn erwischt und sie war einigermaßen sicher, dass er das auch wusste. Danach hatte er seine Wachsamkeit fest im Griff gehabt.

Der Mann, den sie geliebt hatte, war dort irgendwo in ihm. Das wusste sie mit einer tiefen Sicherheit, die sie mit Hoffnung erfüllte – und Verzweiflung. Er hatte sich so eingegraben, sich von allen gelöst und sie fürchtete, dass er nichts anderes mehr kannte.

Die Verteidigung seiner Handlungsweise in Hinsicht auf Bianca, besaß vielleicht die größte Aussagekraft. Er hatte eine Geschichte erfunden, in der er das Gegenteil seines Vaters war und alles andere war bedeutungslos. Zumindest vermutete Felicity das. Selbst im Tod hatte der Mann seinen Sohn in der Gewalt und Felicity hoffte, diesen Zustand durchbrechen zu können. Um Calders Willen. Selbst wenn sie keine gemeinsame Zukunft hätten und sie war sich dessen ehrlich nicht sicher, hatte er es verdient, glücklich zu sein.

Im Augenblick war er das ganz eindeutig *nicht*.

Sie würde allerdings nicht aufgeben. Nicht, wenn sie Risse in seiner Fassade erkannte. Sie konnte auch sehen, wie sehr er seiner Schwester zugetan war, selbst wenn er sich wie ein Schuft benahm.

Beim Gedanken an Bianca wollte Felicity ihr erzählen, was Calder gesagt hatte, aber sie war nicht sicher, ob sie das tun sollte. Sie hatte sich gesträubt, als einmischend angesehen zu werden – sie bevorzugte, ihr Bestreben als Helfen zu betrachten.

Sie würde allerdings sofort an Bianca schreiben und ihr mitteilen, dass das Fest am zweiten Weihnachtstag auf Hartwood stattfinden würde. Selbst wenn Felicity weiter nichts erreichen würde, hatte sie zumindest das geschafft.

Als sich die Kutsche ihrem Häuschen näherte, erkannte Felicity ein weiteres Gefährt, das davor geparkt hatte. Ihre Kutsche blieb stehen und der Fuhrmann half ihr beim Aussteigen, ehe er das Vehikel zu den Stallungen fuhr, die ein Stück die Straße hinunter lagen.

Felicity erkannte die Kutsche nicht, aber an der Seite war ein Wappen eingebrannt. Das erkannte sie auch nicht, jedoch bot ihr das Symbol eines Hirschs einen Hinweis.

Sie trat ein, wo sie von Agatha empfangen wurde, die Felicity den Umhang, Hut und die Handschuhe abnahm. »Guten Tag, Mrs. Garland. Sie haben zwei Besucherinnen, die darum gebeten haben, auf Sie zu warten. Sie sind in der Stube. Ihre Mutter ruht sich aus und ich wollte sie nicht stören.«

»Danke.« Felicity hatte das Hausmädchen genauestens instruiert, dass Mama ruhen musste, um sich vollständig zu erholen. Sie drehte sich um und als sie die Stube betrat, war sie nicht überrascht, dort Bianca und Poppy auf dem

Sofa sitzend vorzufinden. »Guten Tag«, begrüßte sie die beiden.

Bianca sah sie mit einem verlegenen Lächeln an. »Hoffentlich stört es Sie nicht, dass wir auf Sie gewartet haben. Es ist nur ... ich wusste, dass Sie heute Calder besuchen und ich war zu aufgeregt, um auf eine Nachricht zu warten, wie der Besuch verlaufen war, fürchte ich.«

»Biancas Aufregung kann nur schwer kontrolliert werden«, fügte Poppy mit einem Grinsen hinzu. »Ich sollte allerdings zugeben, dass auch ich ungeduldig war, von den Ergebnissen Ihres Treffens zu erfahren. Als Bianca mir berichtet hat, dass Sie ihn tatsächlich dazu gebracht haben, die Sache noch einmal zu überdenken, war ich verblüfft.«

Felicity setzte sich in einen Sessel in der Nähe des Kamins, um sich nach der Fahrt von Hartwood zu wärmen. »Wie würde Ihre Reaktion ausfallen, wenn ich Ihnen erzählte, dass Sie das Fest auf Hartwood abhalten können?«

Poppy und Bianca tauschten Blicke aus und die Münder standen ihnen dabei offen. Dann lachten sie beide fröhlich.

»Verraten Sie uns, wie Sie das geschafft haben!«, bat Bianca und beugte sich neugierig vor.

»Eine kleine Erpressung, vermute ich. Ich habe gedroht, ihn weiter zu belästigen, wenn er seine Meinung nicht ändert.«

»Und das hat funktioniert?«

»Ich habe vielleicht angedeutet, Schilder aufzustellen, um ihm auf die Nerven zu gehen. Am Ende habe ich ihm einfach keine Gelegenheit gegeben, abzulehnen.«

Bianca triumphierte und Poppy kicherte. »Großartig«, stellte Poppy fest und dann ernüchterte sie. »Aber es missfällt mir, dass es dazu hatte kommen müssen.«

»Ich werde jegliche Maßnahmen ergreifen, die

notwendig sind«, antwortete Felicity. »Ich habe ihn gewarnt, dass ich noch nicht fertig bin, und wir immer noch über Hartwell House und Biancas Mitgift reden müssen.«

Poppy riss die Augen auf. »Sie haben mit ihm über Bianca gesprochen?« Sie schüttelte den Kopf. »Ich kann mir nicht vorstellen, dass er das gut aufgenommen hat.«

»Das hat er nicht, aber er ist auch nicht rüde geworden. Er hatte tatsächlich eine – gewissermaßen – vernünftige Erklärung für seine Handlung.«

Bianca sah sie mit offenem Mund an. »Er war vernünftig?«

»Er sagte, Ihre Ehe nicht gutheißen zu können, weil er nicht der Meinung sei, dass Ash ein guter Ehemann wäre.«

»Wegen seiner Boxkämpfe und seines Handicaps.« Bianca schnaubte. »Das Gleiche hat er zu mir gesagt, und ich habe ihm erklärt, dass es Unsinn ist. Ash ist der beste aller Männer. Ganz bestimmt ist er ein besserer Ehemann, als Calder es wäre.«

Felicity zuckte innerlich zusammen. Sie hatte einmal davon geträumt, dass Calder ihr Ehemann sein würde. Aber sie konnte Biancas Aussage nicht in Frage stellen. »Ich habe nicht gesagt, dass ich ihm beipflichte. Ich habe ihm gesagt, dass Ash Sie anbetet.«

»Das tut er«, stimmte Poppy zu und sah mit einem liebevollen Lächeln zu ihrer Schwester. »Und das sollte genügen.«

»Ich denke, er könnte einlenken«, bemerkte Felicity vorsichtig. »Ich habe einen Anflug des jungen Mannes erspäht, den ich einst kannte. Er ist noch immer da.«

Die beiden Schwestern starrten sie an, als ob sie verrückt geworden wäre. »Wirklich?«, flüsterte Poppy und klang dabei hoffnungsvoll.

»Wie können Sie das wissen?« Biancas Stimme klang zweifelnd.

»Er hat gelacht.«

Die Blicke, die die beiden Schwestern nun austauschten, waren mehr als ungläubig. Poppy sprach als Erstes. »Sind Sie sicher?«

Felicity nickte. »Ich habe die Absicht, meine Attacke fortzusetzen.«

»Mit welchem Zweck?«, fragte Bianca. »Besteht Ihr Ziel einfach darin, Hartwell House instandgesetzt zu wissen?«

»Und die Übertragung Ihrer Mitgift sicherzustellen«, antwortete Felicity.

Bianca beäugte sie argwöhnisch. »Sie haben keine anderen Motive?«

»Ich denke, Bianca versucht, auszuloten, ob es eine Zukunft für Sie und unseren Bruder geben könnte«, stellte Poppy nüchtern fest. »Wir würden ihn liebend gern glücklich sehen und wir fragen uns, ob Sie das fertigbringen könnten.«

Felicity verschränkte die Hände im Schoß. »Ich denke, Calder wird derjenige sein, der das schaffen muss. Aber ich werde ihm in jeder Weise helfen, die mir möglich ist.«

»Verdammt nochmal, ich werde offen sein«, warf Bianca hastig ein. »Besteht eine Möglichkeit, dass Sie Calder heiraten wollen? Das haben Sie einmal getan, oder?«

»Das habe ich, ja.« Felicity würde – und *konnte* – sich darüber hinaus zu nichts verpflichten. »Ich weiß nicht, was die Zukunft für ihn oder für mich bereithält. Ich erinnere Sie daran, dass ich nicht hier lebe. Ich lebe in York.«

»Oh.« Bianca lehnte sich auf dem Sofa zurück und wirkte enttäuscht. »Das war mir nicht bewusst.«

»Ich bin nur gekommen, um meiner Mutter zu helfen.

Allerdings bin ich überaus begeistert über die Veränderungen, die mit Hartwell House und Shield's End vor sich gehen. Ich könnte mich vielleicht zum Bleiben entscheiden. Zumindest für eine Weile.«

»Ich hoffe, dass Sie das tun werden«, sagte Poppy. »Insbesondere, wenn Sie es schaffen, Calder zu überreden, Hartwell House instand zu setzen. Sie werden persönliches Interesse dafür entwickeln, wie alles ausgeht.«

Ja, das würde sie. Tatsächlich wollte sie auch finanzielle Mittel einbringen. »Ich habe ein bisschen Geld von meinem Ehemann und ich würde gern etwas beisteuern, um die Instandsetzung von Hartwell House zu unterstützen. Wer verwaltet den Fonds?«

»Gabriel«, antwortete Poppy und bezog sich damit auf ihren Ehemann. »Ich werde ihm ausrichten, dass Sie gern helfen möchten. Ich danke Ihnen so sehr. Sie sollten Hartwell House einmal besuchen.«

»Das sollte ich tun. Es ist Jahre her – mein Vater hatte Mr. und Mrs. Armstrong Gemüse geliefert.«

»Mrs. Armstrong wäre hocherfreut, Sie zu sehen«, bemerkte Poppy, ehe sie zu ihrer Schwester hinübersah. »Und sie wird begeistert sein, von dem zweiten Weihnachtstag zu erfahren. Sie war nicht gerade erfreut gewesen, all die Kinder nach Thornhill transportieren zu müssen.«

Biancas Augen glänzten vor Dankbarkeit. »Wir können Ihnen nicht genug danken, das möglich gemacht zu haben. Ich werde sofort an Thornhill schreiben, damit wir alle Lieferungen nach Hartwood schicken lassen.« Sie legte den Kopf schief. »Calder will noch immer nichts mit der Veranstaltung zu tun haben?«

»Das hat er nicht gesagt.« Aber Felicity würde ihn fragen – er sollte teilnehmen, und zwar nicht nur, weil dies seine Leute waren, sondern weil er es genießen würde. Wenn er sich das gestatten könnte.

»Ich denke, wir sollten Weihnachten dort verbringen«, erklärte Bianca. »Auf diese Weise kann ich alles überwachen. Es ist zu weit für mich, um am Morgen des sechsundzwanzigsten zu kommen, und was ist, wenn das Wetter nicht mitspielt?«

»Das war meine größte Sorge, nach Thornhill zu gehen«, gab Poppy zu. »Wenn es zu stark regnet oder schneit würde niemand teilnehmen können.« Sie sah ihre Schwester besorgt an. »Wird es Calder etwas ausmachen, uns dort zu haben? Es wäre so bezaubernd, Weihnachten als Familie zusammen zu verbringen.«

Bianca nickte zustimmend. »Aber nur, wenn er Ash akzeptiert und nicht missgelaunt ist.«

»Ich würde meine Neuigkeiten liebend gern berichten.« Poppy strich über ihren Bauch und Felicity verstand sofort, was sie meinte. »Ich weiß nicht, ob er mir sagen wird, dass er sich für uns freut, aber ich würde gern glauben, dass er es tut.«

»Sie erwarten ein Kind?«, fragte Felicity. Bei Poppys Nicken fuhr sie fort. »Ich beglückwünsche Sie und Ihren Ehemann von ganzem Herzen. Sie müssen begeistert sein.«

»Mehr, als ich je in Worte fassen könnte. Nach beinahe drei Jahren Ehe hatte ich es aufgegeben.« Rosa Tupfen zierten ihre Wangen und ihre Augen weiteten sich kurz. »Entschuldigung. Ich wollte nicht unsensibel sein.«

»Das sind Sie nicht«, antwortete Felicity mit aufrichtiger Zuneigung. »Ich war sieben Jahre lang mit James verheiratet und wir waren nie mit Kindern gesegnet.« Felicity war zweimal schwanger geworden, aber sie hatte das Baby nicht lange genug austragen können. In den späteren Jahren ihrer Ehe war James dann nicht mehr imstande gewesen den Akt zu … vollziehen. Sie hatte sich mit der Tatsache abgefunden, kinderlos zu bleiben. Es sei denn, sie heiratete noch einmal. »Ich freue mich so für Sie und Ihren Ehemann.«

»Danke«, antwortete Poppy. »Es ist immer noch sehr früh, aber ich bin überraschend unbesorgt. Ich weiß einfach, dass dieses Kind vorbestimmt ist, und er – oder sie – genau im richtigen Moment kommt.«

Felicity wollte glauben, dass die Dinge aus einem bestimmten Grund passierten. Wie könnte sie es sonst schaffen, damit zu leben, was Calders Vater einst getan hatte? Sie musste sich an die Tatsache klammern, dass es ihr bestimmt gewesen war, James zu heiraten und die glücklichen Zeiten, die sie miteinander verbracht hatten, für ihr Leben notwendig gewesen waren. Aber was war der Grund für Calder? Was war im letzten Jahrzehnt mit ihm geschehen, das möglicherweise notwendig für sein Leben war?

Vielleicht war das eine gute Erklärung dafür, was Calder passiert war. Er konnte keine Bedeutung darin finden, also war er einfach … verloren.

Nun, Felicity hatte ihn gefunden. Und sie beabsichtigte nicht, ihn wieder loszulassen.

～

*E*s waren nur noch fünf Tage bis Weihnachten und Hartwell war von einer Aura von festlicher Fröhlichkeit durchdrungen. Am späten Nachmittag, als die Schatten länger wurden und die Temperaturen sanken, schritt Calder die Hauptstraße entlang. In ein paar Stunden würden die Temperaturen fast den Gefrierpunkt erreichen, wenn sie nicht gar darunter sanken.

Ein leichter Schauder erfasste Calders Schultern und er

vergrub sich noch tiefer in seinem Übermantel. Vor ihm lockte das Silver Goat, Hartwells Gasthaus, mit einem warmen Kamin und lebhafter Gesellschaft.

Nicht, dass Calder auf das Letztere erpicht war, noch würde irgendjemand darauf aus sein, ihn dort zu haben. Alle, an denen er vorbeiging, beäugten ihn mit Ehrfurcht und vielleicht einem Anflug von Furcht. Was sonst sollte er auch erwarten, nachdem er sich vollständig aus seiner Gemeinde zurückgezogen hatte? Ganz zu schweigen davon, was er alles getan hatte, um den Eindruck zu bestärken, dass er kein Teil davon sein wollte. Er hatte sich geweigert, ihr jährliches Weihnachtsfest abzuhalten. Er unterstützte Hartwell House nicht. Er unternahm nichts, um sich bei irgendjemandem beliebt zu machen.

Und er hatte sich damit wohlgefühlt – bis Felicity erschienen war.

Sie brachte ihn dazu, alles in Frage zu stellen. Die letzten beiden Tage seit ihrem Überraschungspicknick hatte er in einer üblen Stimmung verbracht. Mürrisch ging er am Gasthaus vorüber, doch dann hielt er inne und warf einen Blick in das große Fenster. Um einen der Tische hatte sich eine lachende Menschengruppe versammelt. Hinter ihnen, nahe der Wand, begegnete sich ein Paar unter dem Mistelzweig. Verstohlen sahen sie sich um, ob jemand sie beobachtete und als es den Anschein hatte, als ob dem nicht so war, trafen ihre Lippen sich zu einem süßen, verweilenden Kuss.

Eine Erinnerung, wie er Felicity unter dem Mistel- zweig geküsst hatte, kam ihm plötzlich in den Sinn. Und dann brach eine heftige Welle des Verlangens über ihn herein.

Abermals blickte er finster drein und bog in eine Seitenstraße ein. Vor ihm spielten einige Kinder und ihre

Rufe und das Kichern boten ein schöne Untermalung der bezaubernden winterlichen Szene.

Abrupt trat Calder in eine schmale Gasse und tauchte an der nächsten Straße wieder auf. Er strebte nach rechts und beobachtete, wie eine Frau einem älteren Mann in ein Häuschen half. Die Tür wurde geschlossen, aber Calder beobachtete die beiden durch das Fenster, als sie ihm half, sich in einen Sessel beim Feuer zu setzen. Sie legte eine Decke um ihn und ein jüngeres Mädchen kam herein und schloss ihn in die Arme. Sie setzte sich auf einen Fußhocker und redete lebhaft, während der Mann lachte, der vielleicht ihr Großvater war.

Die Frau kehrte mit einem Tablett voller Erfrischungen zurück und stellte es auf einem Tisch ab, ehe sie anfing, Tee einzuschenken. Das Mädchen schnappte sich einen Keks vom Tablett und ging auf eine der Zimmerecken zu. Die Musik von einem Pianoforte erfüllte die Luft. Calder lehnte sich gegen den Baum und als er zuhörte, war die bittere Kälte des späten Nachmittags vergessen.

Nach einigen Minuten trat ein weiterer Mann in das Zimmer. Er schwang die Frau in seine Arme und küsste sie auf die Wange, ehe er ihr etwas ins Ohr flüsterte. Sie lachte und dann trennten sie sich, wobei sie sich voreinander verbeugten, ehe sie in einem spontanen Tanz herumwirbelten.

Die Musik spielte weiter und der alte Mann grinste, als er ihnen zusah. Sie drehten und drehten sich im Tanz. Calder stand dort und war vollkommen in Bann geschlagen. Noch nie hatte er so etwas Schönes gesehen. In seinem Herzen wuchs ein Schmerz, der sich in ihm ausbreitete. Das wollte er. Verzweifelt.

Das Pianoforte – oder besser die begabte Musikerin, die auf seiner Tastatur spielte – ließ die Melodie zu einem Crescendo anschwellen und der Tanz kam zu einem Ende.

Alle im Zimmer applaudierten und Calder ertappte sich dabei, wie er ebenfalls in die Hände klatschte.

Der Blick des alten Mannes schien sich auf ihn zu richten und mit heller Intensität zu fixieren. Er hob seine Teetasse zu einem stillen Gruß, ehe er die Aufmerksamkeit wieder auf seine Familie richtete.

Familie.

Das wollte Calder. Das vermisste er.

Ein Gefühl der Düsternis überkam ihn und als er sich vom Baum abstieß, taumelte er blindlings weiter, bis er erkannte, wo er war. Felicitys Häuschen – oder eher das ihrer Mutter – stand auf der anderen Seite der Gasse.

Ehe er sich in Hinsicht auf seine Handlungen noch eines Besseren besinnen konnte, trat er an die Haustür und klopfte. Als sich die Tür einen Augenblick später öffnete, kam dahinter Felicity zum Vorschein.

Vor Überraschung riss sie die grünen Augen auf. »Calder?« Sie sah an ihm vorbei. »Ist alles in Ordnung?«

Nein. »Kann ich hereinkommen?«

»Natürlich.« Sie machte die Tür noch weiter auf und bat ihn hinein. »Gib mir deinen Hut und den Übermantel.«

Er legte die Kleidungsstücke ab und übergab sie ihr, damit sie sie an den Ständer bei der Tür hängen konnte. Er zog die Handschuhe aus und schob sie in die Taschen seines Übermantels und beinahe sofort bedauerte er seine Tat. Warum war er hergekommen? Er konnte nicht bleiben.

Sie schien seine Gedanken zu lesen, denn sie nahm ihn an der Hand zog ihn in die vordere Stube, einem kleinen, gemütlichen Raum mit einem prasselnden Feuer und mit Tannengrün geschmückt. Suchend sah er sich nach einem Mistelzweig um und war enttäuscht, als er keinen fand.

Und warum sollte da auch einer sein? Es war das Haus ihrer Mutter und sie war Witwe.

Wie auch Felicity.

Nie war er sich dieser Tatsache mehr bewusst gewesen. Vielleicht, weil ihre Hand noch immer die seine umklammert hielt. Beim Gefühl ihrer bloßen Haut an seiner, kam es ihm vor, als würde das Verlangen, das er vorhin verspürt hatte, zu einem Nichts verblassen. Er wollte sie an sich ziehen und küssen, ob Mistelzweig oder nicht.

Stattdessen ließ er ihre Hand los und trat an den Kamin, um sich zu wärmen, wenn das möglich war. Manchmal fürchtete er, bis in seinen tiefsten Kern erstarrt zu sein. Der Name Chill passte perfekt zu ihm – oder war es vielleicht so, dass er sich seinem Namen angepasst hatte?

»Ich bin erfreut, dich zu sehen«, bemerkte sie. »Hättest du gern Tee? Oder vielleicht Sherry? Ich habe keinen Brandy, fürchte ich.«

»Nichts, danke.« *Nur dich.*

Sie nickte und dann verschränkte sie die Hände kurz vor sich, ehe sie sie sinken ließ. War sie nervös? Gut. Das war er auch.

»Was führt dich hierher?« Sie trat auf ihn zu und er drehte sich, damit sie sich vor dem Feuer ansehen konnten.

»Ich bin gerade durch den Ort spaziert und habe mich hier wiedergefunden.«

»Also bist du nicht gekommen, um dich mit mir zu unterhalten? Über Hartwell House oder irgendetwas?«

Er machte ein leises Geräusch in seiner Kehle. »Ich möchte nicht darüber reden. Oder den zweiten Weihnachtstag.« Seine beiden Schwestern hatten ihm Nachrichten geschickt und sich bedankt, dass er seine Meinung geändert hatte, obwohl er sich nicht wirklich erinnern konnte, das getan zu haben. Felicity hatte ihn bemerkenswert gut manipuliert.

Poppy und Bianca hatten auch gefragt, ob sie Weihnachten mit ihm auf Hartwood verbringen könnten. Der Gedanke, dass sie das tun würden, hatte ihn veranlasst, ihre Briefe zusammenzuknüllen und ins Feuer zu werfen.

Familie.

Er hatte eine und wenn er nur ... Was? Er musste *etwas* tun, aber er wusste nicht, was. Glaubte er, dass Felicity ihm helfen könnte? Ja, weil sie alles in ihm wiedererweckte, was er vergraben hatte. Alles, was er für tot gehalten hatte.

»Worüber möchtest du dann reden?«, fragte sie leise und beinahe scheu. Er wurde von der Erinnerung überfallen, als sie achtzehn war. Sie war schockiert gewesen, als der Earl of Chilton beim Sommerfest mit ihr getanzt hatte. Das war mit Abstand der großartigste Tanz seines Lebens gewesen.

Plötzlich wünschte er, ein Pianoforte zu haben, und jemanden, der es spielen konnte.

Er wandte seinen Verstand wieder ihrer Frage zu. »Ich weiß es nicht. Ich habe einfach nur reinkommen wollen.« Um sie zu sehen. Sie zu fühlen. »Seit deiner Rückkehr tue ich nichts anderes als Dinge zu fühlen. Es gefällt mir nicht, Dinge zu fühlen.«

»Warum nicht?«

»Es ist einfacher, das nicht zu tun. Meinem Vater hatte es nicht gefallen, wenn ich Dinge gefühlt habe. Er sagte, Herzöge müssten über allem stehen.«

»Dein Vater ist nicht mehr hier und selbst, wenn er es wäre, ist es egal, was er wollte oder was er dir gesagt hat. Du kannst sein, wer immer du willst. « Sie näherte sich ihm und legte eine Hand leicht an seine Brust, wobei sie die Handfläche gegen seinen Frackaufschlag drückte. »Wer willst du sein, Calder?«

Ihre Berührung war wie die Sonne für die dunkle Landschaft seiner Seele. »Ich weiß es nicht.« Wenn sie ihn berührte, bedeutete das vielleicht, dass er sie berühren konnte. Er streckte die Hand nach ihrem Gesicht aus und legte sie sanft darum, ehe er mit seinem Daumen über ihre Wange und an ihrem Kiefer entlangstrich.

Ihre Augen verengten sich verführerisch und sein Körper erwachte ruckartig zu voller sinnlicher Wachsamkeit. Sein Schaft schwoll an und er sehnte sich danach, sie in die Arme zu nehmen.

Er runzelte die Stirn und sah zur Decke auf. »Warum hast du keinen Mistelzweig?«

Sie lachte leise und es war die Musik, die er vermisst hatte. »Weil ich ein Dummkopf bin. Ich hatte mir nie vorstellen können, einen zu brauchen.« Sie schob ihre Hand an seinem Frack empor und legte sie um seinen Hals. Ihre Fingerspitzen schoben sich in das Haar an seinem Nacken. »Ich habe mich geirrt.«

»Das sollte ich wohl meinen«, murmelte er, ehe er den Mund auf ihren senkte.

Das war Wahnsinn. *Das* war falsch. Er hatte kein Recht, sie zu küssen und dennoch hätte er sich nicht zurückhalten können, auch wenn das Meer ihn überspült und vom Ufer gerissen hätte.

Es war, als hätte die Zeit stillgestanden und andererseits, als ob eine Ewigkeit vergangen wäre. Er schlang die Arme um sie und hielt sie fest an seiner Brust. Sie klammerte sich an seinen Nacken, während ihr Mund mit seinem verschmolz. Dann öffnete sie sich und begegnete seiner Zunge und sie fiel so selbstverständlich über ihn her wie er über sie.

Leise stöhnend plünderte er ihren Mund und gab ihr auf die einzige Weise zu verstehen, zu der er fähig war, dass er sie wollte. Dass er sie brauchte. Dass sie genau das war, was sein dunkles Herz zum Heilen nötig hatte – wenn es dazu je imstande wäre.

Ihre Umarmung war Donner und Wonne, eine Verbindung, die zehn Jahre zur Entstehung gebraucht hatte – ein Traum, von dem er nie geglaubt hatte, dass er einmal wahr werden würde. Sie war von ihm genommen worden und er von ihr. Dieses war die Zukunft, die sie einander versprochen hatten. Oder zumindest könnte sie es sein.

Es sei denn, er vermasselte es.

Er zog sich zurück und löste den Mund von ihrem, ehe er sie wieder auf den Fußboden stellte – er hatte sie gänzlich zu sich hochgehoben. Sie atmeten stoßweise, als sie einander – weiterhin sehr nahe – ansahen.

»Du bist dort drin«, flüsterte sie. »Der Mann, den ich liebte.«

Liebte. Vergangenheit. Er liebte sie in der Gegenwart und würde sie immer lieben. Aber was war Liebe, wenn sie von jemandem kam, der Elend verursachte?

Er trat einen weiteren Schritt zurück. »Ich werde über Hartwell House nachdenken.«

»Du solltest es besuchen«, schlug sie leise vor. Ihr Puls pochte heftig an ihrem Hals, direkt unter der Einbuchtung ihres Kiefers und ihre Brust hob und senkte sich in schneller Folge unter ihren raschen Atemzügen. Sie war eine vor Wonne trunkene Frau. Er versuchte, sie nicht anzustarren.

»Ich werde darüber nachdenken.« Er drehte sich und seine Füße fühlten sich wie Blei an. Er sollte gehen, aber er konnte sich nicht überwinden.

»Bitte komm jederzeit vorbei.« Wieder berührte sie ihn und legte die Hand an seinen Bizeps. Die Verbindung rüttelte ihn wach

Er ging steifen Schrittes auf die Tür zu. »Danke.« Er drehte sich nicht, um sie anzusehen, als er in den Hausflur trat, wo er seinen Hut aufstülpte und den Mantel auf den Arm nahm. Er wartete mit dem Anziehen, bis er draußen in der vollen Dämmerung war. Die eisige Kälte der herannahenden Nacht brach über ihn herein und vertrieb die Hitze, die sich zwischen ihm und Felicity entfacht hatte.

Nein, es war kein Vertreiben. Eher ein Verringern. Jetzt fragte er sich, ob er für immer für sie entflammt sein würde, ob er das immer schon gewesen war und es nur nicht gewusst hatte.

Er knöpfte seinen Mantel zu und zog die Handschuhe an, als er die Straße erreichte. Als er den Kopf drehte, sah er sie in der Tür stehen und ihn beobachten. Sie würde sich eine Unterkühlung zuziehen – und nicht nur von den beinahe frostigen Temperaturen.

Er war Chill oder war es sein Leben lang gewesen, bis er Herzog geworden war. Der Name erschien ihm jetzt prophetisch, wenn man bedachte, wie er geworden war. Sie war warm und hell und heiter, all das, was er nicht war. Aus diesem Grund sollte er fernbleiben … weit, weit weg von ihr.

KAPITEL 6

Im frühen siebzehnten Jahrhundert erbaut, war Hartwell House ein prachtvolles Herrenhaus aus beigem Stein und fünf imposanten Giebeln. Beim Betrachten der Struktur war kein Verfall zu erkennen. Es strahlte Charme und Wärme aus, was einen Sinn ergab, da es so vielen ein Heim bot, die eines bedurften.

Felicity stieg aus ihrer Kutsche und eilte zur Eingangstür. Das Wetter war heute eiskalt geblieben. Tatsächlich hatten heute Morgen Eiszapfen am Häuschen gehangen. Deshalb hatte Felicity ihre Mutter gebeten, daheim zu bleiben, wo es warm war und sie keine Unterkühlung riskieren würde. Mama hatte bereitwillig gehorcht, obwohl sie Hartwell House gern besucht hätte.

Die Tür öffnete sich, bevor Felicity klopfen konnte. Mrs. Armstrong stand im Türrahmen und grinste breit. Sie war eine Frau Ende vierzig mit überwiegend dunklem Haar – an den Schläfen war es ein wenig grau –, und sie war die Leiterin der Institution für verarmte Frauen. »Meine Güte, das ist ja Felicity Templeton! Kommen Sie herein, kommen Sie herein.« Sie führte Felicity in die

Eingangshalle und nahm ihr den Umhang, Hut und Muff ab.

Felicity zog ihre Handschuhe aus und lächelte. »Ich bin jetzt Mrs. Garland.«

»Natürlich sind Sie das, aber für mich werden Sie immer Felicity Templeton sein – das waren Sie nämlich, als ich Sie zum letzten Mal gesehen habe!« Sie zwinkerte Felicity zu und nahm dann ihre Handschuhe. »Ich werde dafür sorgen, dass sie gewärmt werden, damit sie schön kuschelig sind, wenn Sie gehen. Und ich werde etwas Tee bringen. Ich bin sicher, dass er nicht unwillkommen ist.«

»Bestimmt nicht, danke«, antwortete Felicity.

Mrs. Armstrong zeigte auf einen Salon, gleich neben der Eingangshalle. »Dort drinnen brennt ein schönes Feuer.«

Felicity verließ die Eingangshalle mit seiner dunklen Holzvertäfelung und ging in den Salon hinüber. Sie strebte auf das Feuer zu, um sich zu wärmen. Trotz der Heizpfanne in ihrer Kutsche und der relativ kurzen Fahrt nach Hartwell House war ihr ziemlich kalt.

Eine Bewegung zu ihrer Rechten erregte ihre Aufmerksamkeit. Sie erspähte einen kleinen Stiefel unter einem großen Sofa. Lächelnd hielt sie die Hände vor das Feuer. »Spielst du Verstecken?«, fragte sie.

»Nein, aber das klingt lustig. Können wir?«

Felicity lachte und dann drehte sie sich, sodass ihr Rücken dem Feuer zugewandt war. Ein kleiner Junge, der vielleicht sieben Jahre alt war, schlitterte unter dem Sofa hervor. Er sah auf die Tür. »Ich sollte nicht hier sein.«

»Oh. Nun, dann solltest du vielleicht gehen.«

Er nickte. »Ich wollte nur die Schnitzerei auf dem Kaminsims ansehen. Ich versuche, sie zu malen.« Er hielt ein Blatt Papier hoch, dass mit Illustrationen bedeckt war.

Felicity sah ihn mit einem fragenden Blick an. »Darf ich?«

Er übergab ihr das Blatt Papier und sie nahm es vorsichtig zwischen ihre Hände, um sich die Bilder genauer anzusehen. »Hast du das gezeichnet?«

Er nickte.

»Du bist außergewöhnlich begabt. Ich liebe diesen Vogel.« Ihr Blick fiel auf einen kleinen Falken, der auf einem Zaunpfosten saß. Er hatte den intelligenten Blick des Vogels und die feine Musterung jeder Feder erfasst.

Sie spähte zu dem Kaminsims und sah, dass er kunstvoll mit Blättern und Blumen verziert war. Sie suchte das Blatt Papier in ihrer Hand ab und fand schließlich die Darstellung der Flora, aber sie war sehr klein. »Ich denke, du brauchst ein neues Blatt Papier.«

»Es ist schwierig, an Papier zu kommen«, stellte er nüchtern fest. »Ich habe jeden letzten Zentimeter ausgenutzt. So muss es gemacht werden, sagt Mrs. Armstrong.« Wieder sah er zur Tür. »Wenn sie mich hier außerhalb unserer vereinbarten Zeit erwischt, darf ich für eine Woche nicht kommen.«

Das schien ein bisschen harsch, aber Felicity hatte keine Ahnung, was es brauchte, um eine Institution wie diese mit all den Frauen und Kindern zu leiten. Sie stellte sich vor, dass es eine Herausforderung sein musste, eine gewisse Ordnung aufrecht zu erhalten.

»Dann solltest du wohl besser gehen.« Sie gab ihm das Papier zurück. »Du könntest wohl mehr Papier gebrauchen?«

Er grinste und gab damit eine Lücke zwischen seinen Vorderzähnen preis, die sich gerade zu bilden schien. »Immer!« Dann war er wie der Blitz aus dem Zimmer verschwunden.

Einen Augenblick später kehrte Mrs. Armstrong mit

einem Teetablett zurück, das sie auf einem Tisch neben dem Kamin abstellte. »Nehmen Sie Milch oder Zucker?«

»Ein bisschen von beidem, danke.« Felicity setzte sich auf das Sofa, unter dem der Junge sich versteckt hatte. »Mein herzliches Beileid zu Mr. Armstrong.«

Mrs. Armstrong überreichte Felicity ihre Tasse. »Danke, meine Liebe. Aber auch Sie sind jetzt Witwe – und so jung. Haben Sie Kinder?« Sie schenkte sich selbst eine Tasse Tee ein und dann setzte sich auf das Sofa gegenüber von Felicity.

»Nein, wir hatten keine Kinder.« Felicity trank ihren Tee und war dankbar für die Wärme des Getränks.

»Wir hatten auch keine und so ist Hartwell House entstanden. Wir nahmen einst eine junge Frau und ihr Baby auf. Dann noch eine.« Mrs. Armstrong nippte an ihrem Tee.

Felicity hatte nicht realisiert, dass die Armstrongs selbst keine Kinder hatten, aber andererseits war sie auch sehr jung gewesen, als sie Hartwell verlassen hatte. »Es ist eine wundervolle Institution und so eine dringend notwendige Alternative zu einem Armenhaus, wo die Mütter von ihren Kindern getrennt werden.«

»Ja, obwohl unser Geheimnis sich wohl herumgesprochen hat. Wir hatten in diesem Herbst und Winter bislang einen größeren Zugang an Frauen als je zuvor. Ich habe versucht, die Leute aus Platzmangel abzuweisen, aber sie haben darum gebettelt, auf dem Fußboden zu schlafen, wenn nichts anderes verfügbar wäre. Ich habe nicht das Herz, sie wegzuschicken – hinaus in die Kälte. Lord Darlington hat vorrübergehend einige Leute in den Häuschen auf seinem Besitz aufgenommen, was eine Hilfe war.«

Felicity war entschlossener denn je, zu helfen. »Ich verstehe, dass Hartwell House dringend reparaturbedürftig ist. Ich hatte gehofft, dass Sie mich herumführen? Ich würde gern etwas Geld für Ihre Sache spenden und mich darum kümmern, dass weitere Mittel eingehen.« Abgesehen davon, Calder zu überzeugen, seinen Teil zu tun, dachte sie an die Leute, die sie in York um einen Beitrag bitten konnte.

»Sie sind sehr liebenswürdig«, bemerkte Mrs. Armstrong. »Ich wäre hocherfreut, Sie herumzuführen und wenn Sie wirklich eine Neigung verspüren, herzukommen und Ihre Zeit mit den Kindern zu verbringen – um ihnen Geschichten vorzulesen oder sie sogar etwas zu lehren –, wären wir alle außerordentlich dankbar.«

Felicity dachte an den Jungen, den sie kennengelernt hatte, und fragte sich, ob er ihr beibringen könnte, zu zeichnen. »Ich würde mich geehrt fühlen, meine Zeit hier zu verbringen.«

Mrs. Armstrong lächelte, ehe sie noch etwas von ihrem Tee trank. Sie erhob sich und stellte die Tasse auf dem Tablett ab. »Sollen wir mit dem Rundgang anfangen?«

»Ja.« Felicity trank ihren Tee aus und stellte ihre Tasse neben Mrs. Armstrongs ab.

Im Laufe der nächsten halben Stunde zeigte Mrs. Armstrong ihr das gesamte Hartwell House, von den obersten Zimmern angefangen, wo einige Dienstmädchen – alles Frauen, die irgendwann auf der Suche nach Unterschlupf und Fürsorge hergekommen waren – wohnten, bis zu dem Schlafsaal, der andere Frauen beherbergte und den individuellen Zimmern, welche sich die Mütter mit ihren Kindern teilten. Es gab auch ein Schulzimmer und einen Turnraum, wo die kleineren Kinder toben und spielen konnten, wenn das Wetter schlecht war, und einen großen Speisesaal. Einige der Schlafzimmer waren undicht und es bestand ein Bedarf an mehr Mobiliar, in der Hauptsache Betten. Es konnte viel getan werden und sie war wütend auf Calder, dass er die Unterstützung seines Vaters nicht fortgesetzt hatte.

Beim Abschluss ihres Rundgangs näherten sie sich einem kleinen Zimmer neben der Küche, das Mrs. Armstrong, wie sie erklärte, als Büro benutzte. »Gibt es irgendetwas, das ich gern kurzfristig für Sie besorgen kann? Oder für die Kinder, insbesondere, da Weihnachten so nahe ist?« Felicity plante bereits, alles Papier aufzutreiben, das in Hartwell zu finden war.

»Wir hatten ein wunderschönes Nikolausfest hier. Die Bewohner von Hartwell House haben von Lord und Lady Darlington und auch von Lord und Lady Buckleigh Geschenke erhalten.«

Felicity wünschte, davon gewusst zu haben, denn sie wäre auch gekommen. Sie war nicht überrascht, als Mrs. Armstrong Calders Namen nicht erwähnte. »Das klingt, als wäre es ein wundervolles Ereignis gewesen.«

Mrs. Armstrong nickte. »Alle freuen sich auf den zweiten Weihnachtstag. Ich bin so erleichtert, dass er auf Hartwood stattfindet. Ich habe die Aussicht wirklich nicht genossen, die Kinder nach Thornhill transportieren zu müssen. In Wahrheit hatte ich angefangen, darüber nachzudenken, mein Bestes zu tun, um hier etwas zu veranstalten.«

Felicity war nun doppelt erfreut über das Arrangement, das Fest auf Hartwood abzuhalten. »Ich bin froh, dass Sie das nicht tun müssen.«

Eine Gestalt tauchte aus der Küche auf und blieb bei ihrem Anblick abrupt stehen. Poppy grinste. »Felicity, wie schön, Sie hier zu sehen.«

»Mrs. Armstrong hat mir gerade all die wundervollen Dinge gezeigt, die sie vollbracht hat.«

»Oh, hören Sie auf«, entgegnete Mrs. Armstrong, die errötete. »Ich werde jetzt in mein Büro gehen, ehe eine von

Ihnen beiden mich noch in Verlegenheit bringen kann.«
Sie strahlte sie beide mit einem dankbaren Lächeln an und
dann verschwand sie in ihrem Büro.

»Werden Sie lange bleiben?«, fragte Poppy.

»Nein, eigentlich war ich gerade im Begriff zu gehen.«

»Ich werde Sie hinausbegleiten.« Poppy steckte den
Kopf in Mrs. Armstrongs Büro, um ihr zu sagen, dass sie
gehen würde. Felicity tat es ihr gleich und sie wünschten
sich Auf Wiedersehen, bevor Poppy und Felicity in Richtung Eingangshalle entschwanden.

»Felicity, ich muss Ihnen für den Einfluss danken, den
auch immer Sie auf Calder haben.«

Felicity war nicht sicher, was Poppy damit meinte.
Gestern hatte er sich geweigert, über irgendetwas zu reden
– er war verärgert gewesen. Dann hatte er sie geküsst und
alles war vollkommen aus dem Gleis geraten. Er *hatte*
gesagt, er würde darüber nachdenken, ihr mit Hartwell
House zu helfen …

»Hat er die Unterstützung des Herzogtums für Hartwell House wieder eingesetzt?«, fragte Felicity.

»Nicht, dass ich wüsste. Haben Sie ihn überzeugt, auch
das zu tun?«

»Das dachte ich nicht. Worüber sprechen Sie dann?«

»Er hat uns eingeladen, Weihnachten auf Hartwood zu
verbringen.« Sie neigte den Kopf von einer Seite zur anderen. »Vielleicht ist das Wort ›Einladen‹ eine Spur übertrieben. Er hat geschrieben und gesagt, er wäre dankbar, wenn
wir an Heiligabend nach Hartwood kommen, damit wir
dort bei den Vorbereitungen für das Fest am zweiten
Weihnachtstag helfen können. Weil er nichts damit zu tun
haben will.« Sie verdrehte die Augen. »Er ist immer noch
der gleiche eisige Calder, aber das ist zumindest ein Schritt
in die richtige Richtung.«

Wenngleich Felicity wütend auf ihn war, weil er Hartwell House den Rücken gekehrt hatte, verstand sie auch, dass er ein mit der Bürde von Schmerz und Einsamkeit belasteter Mann war, die einst von grauenvollen Erwartungen hervorgerufen worden waren. Sie hatte angefangen, Verdacht zu schöpfen, dass die gegen ihn gerichteten Handlungen seines Vaters tiefer als verbale Grausamkeit reichten, aber ihr graute es, die Wahrheit zu erfahren. »Ich bin froh, dass Sie und Bianca ihn noch nicht aufgegeben haben.«

»Das werden wir niemals«, entgegnete sie ruhig, aber wild entschlossen. »Und ich bin so dankbar, dass Sie das auch nicht getan haben. Ich weiß, dass Ihre Anwesenheit einen Eindruck gemacht hat.«

»Ich habe nichts darüber gesagt, Sie zu Weihnachten dort zu haben.« Felicity wollte, dass Poppy dies Calder zurechnete, und nicht ihr.

»Nun, ich denke dennoch, dass Sie eine Rolle gespielt haben, ob absichtlich oder nicht.« Sie ergriff Felicitys Hand und drückte sie rasch, aber herzlich. »Ehrlich gesagt begrüße ich jede Positivität von ihm, egal wie.« Sie lächelte, ehe sie nach ihrem Umhang griff.

Felicity war ebenso überrascht über Calders Einladung zu Weihnachten, wie Poppy es zu sein schien. Er war so verletzlich, so zerbrechlich … Die Dinge, die er gestern zu ihr gesagt hatte, nicht fühlen zu wollen, zerrissen ihr das Herz. Er brauchte Fürsorge und Verständnis und sie wusste, dass seine Schwestern ihm das geben würden, wenn er ihnen eine Gelegenheit dazu bot. Es hatte den Anschein, als könnte er bereit sein oder fast bereit, das zu tun.

»Sie sollten auch kommen«, schlug Poppy vor, als sie ihren Hut aufsetzte.

Felicity warf sich ihren Umhang über. »Das könnte ich nicht. Ich bin nicht eingeladen worden.« Und sie hatte das starke Gefühl, dass er sie einladen müsste. Seine Schwestern dort zu haben, war wahrscheinlich Herausforderung genug. Wenn er bestrebt war, wieder Gefühle zu empfinden, war es wahrscheinlich am besten, wenn er versuchte, nicht zu viele auf einmal zu bewältigen.

Poppy nickte. »Ich verstehe. Bianca und ich hoffen törichterweise, dass Sie und er wieder zueinander finden werden.«

Das tat auch Felicity. Sie sah Poppy mit einem ernsten Blick an. »Geben Sie ihm Zeit und geben Sie nicht auf. Er braucht Sie, aber das würde er nie zugeben.«

Poppy nickte und Felicity dachte, dass sie in diesen graublauen Augen Feuchtigkeit erspähen konnte.

»Ich hätte es beinahe vergessen!« Mrs. Armstrongs Stimme schallte durch die Halle und zerstörte den angespannten Augenblick. »Ihrer beider Handschuhe sind schön kuschlig warm.« Sie übergab jeweils ein Paar an Felicity und Poppy.

Als Felicity die ihren überstreifte, seufzte sie vor Wonne. »Oh, sie sind herrlich. Vielen Dank.«

Poppy beugte sich zu ihr und in der Lautstärke eines Bühnenflüsterns raunte sie: »Das ist mir das Liebste daran, im Winter herzukommen.«

Sie lachten alle und dann gingen sie ihrer getrennten Wege. Als Felicitys Kutscher den Schlag ihrer Kutsche öffnete, bat sie ihn, einen kleinen Umweg auf ihrem Heimweg zu machen.

Eine kurze Weile später erklommen sie eine kleine Anhöhe und ihr Elternhaus kam in Sicht. Sie hatte es fertiggebracht, die letzten Wochen hier zu verbringen, ohne es zu besuchen. Warum? Weil es sie an ihren Vater und ihre verlorene Arglosigkeit erinnerte. An Calder und die Art und Weise, wie er ihr das Herz gebrochen hatte.

Was er allerdings nicht getan hatte. Sie waren den

Machenschaften seines Vaters zum Opfer gefallen. Und ein bisschen auch denen ihres eigenen Vaters. Sie hatte Papa vergeben, aber seine Taten schmerzten sie noch immer. Sie wünschte, er wäre immer noch am Leben, damit sie mit ihm darüber reden könnte. Vielleicht wäre es dann leichter, seine Handlungsweise zu verstehen.

Oder nicht. Sie war nicht sicher, ob es eine Möglichkeit gab, sein Benehmen zu rechtfertigen.

Das zweigeschossige Bauernhaus wirkte anheimelnd mit seinen Koppelfenstern und dem bezaubernden Zaun mit dem Türchen, in das ihr Vater den Buchstaben T eingearbeitete hatte, der auf den Gehweg zur Haustür zeigte.

Ihr stockte der Atem, als sich die Tür öffnete und ein vertrauter Hund daraus hervorstürmte.

Isis sprang in den Garten und rannte etwa eine Minute herum, ehe sie sich erleichterte. Calder trat auf die Türschwelle und sah sich um, bis sich sein Blick auf Isis legte, die ihr Geschäft beendete.

Felicity klopfte an das Dach der Kutsche und der Kutscher wusste, dass er zum Haus fahren und anhalten sollte – sie hatte ihm gesagt, dass sie das vielleicht wollte. Sie hatte keine Ahnung gehabt, ob jemand hier lebte. Und jetzt hatte es den Anschein, dass … Calder das tat?

Nicht nur, weil er mit seinem Hund herausgekommen war, sondern weil Rauch aus dem Schornstein quoll, und das war ein Zeichen, dass es sich nicht um einen kurzen Besuch handelte, um nach dem Haus zu sehen. Oder vielleicht war es das, aber er hatte es einfach vorgezogen, noch ein bisschen zu bleiben. Ihr Herz zog sich zusammen – er war so unglaublich kompliziert.

Felicity sah aus dem Fenster, als die Kutsche vor dem Haus vorfuhr. Calder trat von der Schwelle und ging den Weg entlang, bis er das Tor erreichte.

Der Kutscher half ihr beim Aussteigen und sie sagte ihm, dass sie nur ein paar Minuten bleiben würde. Calder öffnete das Tor für sie, als sie näher kam, und für einen Moment liefen sie schweigend den Weg entlang. Isis jagte einen Vogel, der den Mut besaß, auf einem Zaunpfosten zu landen.

»Was tust du hier?«, fragte Felicity.

Er sah sie von der Seite an und ein Anflug von Belustigung – Belustigung! – zeichnete sich um seinen Mund ab. »Ich könnte dich das Gleiche fragen.«

»Seit meiner Rückkehr nach Hartwell bin ich hier noch nicht vorbeigekommen. Ich war neugierig. Ich hätte mir nie vorstellen können, dich hier zu finden.«

»Es gehört zum Besitz des Anwesens. Das wusste ich nicht, bis ich geerbt hatte, und alle Grundbücher meines Vaters durchgegangen bin. Es gab jede Menge Dinge, die er mir nicht erzählt hatte.« Wenn das ein verschleierter Kommentar über dieses entsetzliche Geheimnis sein sollte, das der frühere Herzog vor ihnen allen gewahrt hatte, war sie beeindruckt, wie wenig Galle in Calders Tonfall mitschwang.

Er öffnete die Haustür. »Möchtest du hineingehen?«

»Bitte.«

Er bedeutete ihr, ihm vorauszugehen. Sie trat in den Hausflur, der von zwei Zimmern flankiert wurde, von denen eines von ihrer Mutter als formelles Empfangszimmer und das andere als Bibliothek und Wohnzimmer für die Familie benutzt worden war. Sie betrat das Letztere und stellte fest, dass die Möbel die gleichen waren.

»Es sieht genauso aus, wie ich es in Erinnerung habe«, stellte sie leise fest, als sie sich im Zimmer umherbewegte und mit ihren behandschuhten Fingern über einen Tisch, die Rückenlehne des Sofas und dann den Kaminsims wanderte. Ein prasselndes Feuer wärmte sie, als sie sich umdrehte und das vertraute Zimmer betrachtete. »Warum ist es unverändert?«

Mit Isis an seiner Seite stand er im Türrahmen zum Flur und wirkte ausgesprochen unbehaglich. »Vermutlich haben diejenigen, die nach dir hier gelebt haben, alles so gelassen.« »Wo sind sie jetzt?«

Er zuckte die Schultern. »Das Haus war leer, als ich es geerbt habe.« Er trat in das Zimmer und behielt den Blick von ihrem abgewandt. »Ich verbringe gern Zeit hier, wenn ich allein sein will.«

Allerdings war er, soweit sie das sehen konnte, *immer* allein. Und das bedeutete, dass er aus einem anderen Grund herkam, zumindest teilweise. Sie würde ihn nicht drängen. »Ich komme gerade von Hartwell House. Ich habe eine ganze Liste von Reparaturen, oder besser – ich kann eine für dich verfassen. Das Haus erfordert eine generelle Instandsetzung und auch mehr Mobiliar.« Sie sah sich im Zimmer um. »Wir könnten mit den Dingen anfangen, die hier sind.«

Er sah sie mit einem Ausdruck des Erstaunens an. »Du würdest die Dinge deiner Familie weggeben?«

»Hier sind sie zu nichts gut«, antwortete sie. »In Hartwell House werden sie einen guten Zweck erfüllen.«

Calder stand nahe dem Fenster, durch das Felicity ihre Kutsche sehen konnte. Sie durfte den Kutscher nicht zu lange warten lassen, nicht in dieser Kälte.

»Calder, ich verstehe irgendwie, warum du aufgehört hast, Hartwell House Geld zu geben, aber du musst begreifen, dass sie es benötigen. Sicherlich kannst du genügend erübrigen, um zumindest das Gebäude instand setzen zu lassen. Sie brauchen es dringend.«

»Du verstehst es ›irgendwie‹? Wie kommt das?« In seiner Stimme schwang ein dunkler, spöttischer Tonfall mit.

»Ich begreife, dass du nichts tun möchtest, was dein Vater getan hat. Weil er Hartwell House unterstützt hat, willst du das nicht tun.«

»Oder vielleicht, weil ich ein kaltherziges Monster bin, das anderen nicht helfen will.«

Sie schnaubte. »Das glaube ich ebenso wenig wie du.« Sie flunkerte ein bisschen – sie war nicht sicher, ob er das über sich selbst glaubte oder nicht. »Ich sehe einen Mann, der seinen Hund liebt und seine Schwestern.« Langsam ging sie auf ihn zu, als ob sie ihn erschrecken könnte, wenn sie sich zu schnell bewegte.

Er rührte sich nicht, als sie sich näherte. »Wirst du je aufhören, mir auf die Nerven zu gehen?«

»Nein. Zumindest solange nicht, bis du wieder du selbst bist. Ich werde für dich da sein, ganz egal, wie lange das dauert.« Sie blieb direkt vor ihm stehen, sodass sie sich beinahe berührten.

»Felicity, ich bin nicht der Traum, den du in Erinnerung hast. Ich bin brutal und schrecklich, und genau das wozu ich erzogen wurde. Wie dem auch sei, werde ich Hartwell House instand setzen, damit ich es in ein Armenhaus umwandeln kann.«

Sie wusste, dass er das nicht beabsichtigte. Er versuchte, sie abzuweisen, weil sie angekündigt hatte, dass sie so lange bleiben würde, wie es nötig war. »Mrs. Armstrong wird das niemals zulassen.«

»Sie wird, wenn ich ihr eine große Summe biete. Die Leute tun alles für Geld.«

Die Wahrheit traf sie hart und schnell, insbesondere, da sie hier in diesem Zimmer stand – ihrem Elternhaus –, an einem Ort, den ihr Vater für nichts anderes als Geld im Stich gelassen hatte. »Bitte tu das nicht«, flehte sie. »Es ist nicht notwendig, um mich zu vertreiben. Ich werde gehen, wenn du mich darum bittest.«

Sein Kiefer mahlte und er öffnete den Mund. Aber es kam nichts daraus hervor, ehe er ihn wieder zuschnappen ließ.

»Möchtest du, dass ich gehe?«, fragte sie.

Er schien ganz und gar zwiegespalten und sein Blick flammte, als ob dahinter eine Schlacht ausgetragen würde.

Felicity erkannte, dass sie ihn für heute zur Genüge bedrängt hatte. Er machte Fortschritte – mit seinen Schwestern und mit Hartwell House. Vielleicht könnte sie einen weiteren Versuch unternehmen ...

Sie hob die Hände an seine Schultern. »Besuche Hartwell House einfach und überzeuge dich selbst. Ich bin deiner Meinung, dass du es reparieren solltest, und der Einfall mit dem Armenhaus wird vollständig vergessen werden.«

Sie erhob sich auf die Zehenspitzen und drückte die Lippen auf seine. Sie küsste ihn einmal, zweimal, ein drittes Mal und ihr Mund verharrte unter seinem. »Und ich werde Hartwell nicht verlassen – oder dich.«

Ihn gehen zu lassen, war schwierig. Sie wollte ihn in ihre Arme schließen und ihm zeigen, wie gern sie ihn hatte, und wie es sich anfühlen würde, wenn er sich gestattete, wirklich zu fühlen.

Aber sie tat es nicht. Sie trat zurück und sah ihn mit einem letzten Blick an, der all die Zuneigung und Hoffnung enthielt, die sie ihm entgegenbrachte, ehe sie das Haus verließ.

Sie würde ein anderes Mal zurückkehren und sich die ganze Sache ansehen. Heute war es nicht darum oder um sie gegangen. Es war um Calder gegangen und darum, ihn zurückzuholen. Er war so nahe und sie würde nicht aufgeben, bis er Frieden fand.

KAPITEL 7

*C*alder tat der Schädel weh. Er hatte in der vergangenen Woche mehr gedacht, reflektiert und gefühlt, als im gesamten zurückliegenden Jahrzehnt. Und was hatte das Gutes bewirkt?

Er ließ zu, dass das Fest am zweiten Weihnachtstag auf Hartwell abgehalten wurde, und da dieser Umstand seinen Vater glücklich gestimmt hätte, machte er Calder ausgesprochen mürrisch.

Dann hatte er seine Schwestern und ihre Ehemänner eingeladen, Weihnachten auf Hartwood zu verbringen und das war noch etwas, das seinen Vater erfreut hätte. Er hatte sie angebetet, insbesondere Bianca, die das ›Ebenbild‹ ihrer Mutter war, wie sein Vater wohl an die eintausend Mal gesagt hatte. Und die Hölle daran war, dass sie ihn anbeteten. Es war ein Keil zwischen ihm und seinen Schwestern, unsichtbar für sie und unüberwindlich für ihn. Er könnte ihnen einfach sagen, warum er diesen Mann verabscheute, den sie liebten, aber warum sollte er ihre Erinnerung an ihn zerstören?

Jetzt konnte er auf einmal Felicity hören – *Siehst du, du bist ganz der Mann, den ich mir in dir vorgestellt habe.*

Vielleicht. Irgendwo tief drin. An einer Stelle, die er geheim und unentdeckt halten wollte.

Und nun war er hier, in Hartwell House, um sich ein Bild über den Bedarf zu machen. Und all das nur wegen Felicity.

Der Nachmittag war etwas wärmer als der Vortag, aber immer noch so kalt, dass er seine Kutsche genommen hatte. Er stieg aus dem Gefährt und Isis war mit einem Satz neben ihm.

Calder runzelte die Stirn beim Anblick des Herrenhauses. Es sah perfekt in Ordnung aus. Er wusste, dass er töricht war und man die Mängel wahrscheinlich nicht direkt erkennen konnte. Außerdem hatte Felicity gesagt, dass sie Möbel brauchten. Er vermochte nicht zu beurteilen, ob ein Mangel vorlag, es sei denn, er ging hinein.

Er wollte nicht unbedingt.

Um das Unvermeidliche aufzuschieben, umrundete er das Haus und nahm die Außenfassade so gut er konnte in Augenschein. Er bemerkte ein zerbrochenes Fenster und ein wahrscheinliches Leck – nach den Wasserflecken auf den Steinen zu urteilen.

Calder erkannte, dass Isis nicht mehr bei ihm war. Er sah sich um und dann entdeckte er den Windhund vorbeieilen. Isis trug einen Stock in der Schnauze und trottete um die Ecke zurück hinter das Haus.

Als Calder ihr folgte, erblickte er den Grund für Isis' Ablenkung. Ein Mädchen mit hellblondem Haar tätschelte dem Hund den Kopf und dann warf sie den Stock noch einmal. Verdammt, sie hatte einen guten Wurf.

»Ist das Ihr Hund?«, fragte sie, als er zu ihr hinüberging.

»Ja.«

Für einen Augenblick sackte dem Mädchen der Kiefer vor Enttäuschung herab. »Ich hatte gehofft, dass sie niemandem gehört.« Sie seufzte. »Sie ist wunderschön.«

»Das finde ich auch. Sie heißt Isis.« Er warf einen Blick zum Haus zurück, als Isis wiederkam und das Mädchen den Stock noch einmal nahm. »Lebst du hier?«, fragte Calder.

Das Mädchen nickte. »Ich bin Alice.« Sie warf den Stock noch einmal und Isis rannte hinterher, als wäre sie wieder ein Welpe. »Ich wünschte, ich könnte einen Hund haben. Aber Mrs. Armstrong sagt, dass es keinen Platz für Haustiere gäbe. Außer ihrer Katze, von der jeder sagt, dass sie älter ist, als eine Katze sein sollte.«

»Wie alt ist das?«, fragte Calder.

Das Mädchen runzelte die Stirn. »Oh, *sehr* alt. Ich würde sagen, vielleicht fünfzehn.«

Calder lachte leise. »Ist das alt für eine Katze oder auch für Menschen?«

Isis kehrte mit dem Stock zurück und Alice nahm ihn. Dann blinzelte sie zu Calder auf. »Nur für Katzen natürlich. Alt für Menschen ist wie Sie. Sie müssen mindestens dreißig sein.«

Calders Schmunzeln erblühte zu einem vollen Gelächter. »Ich bin wirklich dreißig. Wie alt bist du?«

»Sechs.« Sie warf den Stock. »Und ein halb.«

Er wusste, wie wichtig dieses halbe Jahr in ihrem Alter sein konnte. »Also hättest du gern einen Hund, aber Mrs. Armstrong erlaubt dir keinen. Was ist mit deiner Mutter? Was sagt sie dazu?«

»Es würde sie nicht stören. Sie denkt, dass mein jüngerer Bruder vielleicht auch gern einen hätte.«

»Du hast einen jüngeren Bruder?«

Sie nickte und Isis rannte zu ihr. »Joseph. Er ist drei.«

»Was ist mit deinem Papa passiert?«

»Er ist gestorben.« Sie sagte das ohne Emotion, aber sie brachte es fertig, nicht so kalt wie Calder zu klingen. Für sie war es einfach eine Feststellung der Tatsache ... über die Wirklichkeit ihres Lebens.

»Es tut mir leid, das zu hören.« Und er bedauerte, dass ihre kleine Familie auf die Wohltätigkeit von Mrs. Armstrong angewiesen war. Dennoch war dies eine weitaus bessere Alternative als ein Armenhaus.

Zum Teufel nochmal, er *war* ein Monster. Er konnte diesen Ort nicht in ein Armenhaus verwandeln. »Lebst du gern hier?«, fragte er vorsichtig, als sie den Stock wieder für Isis warf.

»Die meiste Zeit. Manchmal weint Mama, weil wir nicht in unserem eigenen Haus leben können. Ich will nur, dass wir zusammen sind. Aber ich wünsche mir, dass unser Zimmer nicht undicht ist.« Sie zog eine Grimasse. »Ich hasse dieses Tröpfeln, wenn es regnet. Ich werde so froh sein, wenn die neue Institution gebaut ist. Sie wird nicht ein einziges Loch haben.« Sie lächelte ihn an und ihr Strahlen brachte ihn beinahe zum Weinen.

Als Isis das nächste Mal zurückkehrte, warf sie sich Alice vor die Füße und ließ den Stock auf den Boden fallen.

»Ich denke, das ist ihre Art zu sagen, dass sie müde ist«, stellte Calder fest.

»Ich sollte sowieso hineingehen. Mama sagte, dass ich wegen der Kälte nicht so lange draußen bleiben sollte.« Sie entfernte sich ein paar Schritte und hockte sich hin.

Calder folgte ihr und beobachtete, wie sie eine Handvoll Spielzeugsoldaten und einen Karren aufhob. Als sie aufstand fiel eines der Räder zu Boden.

»Verflucht.«

Calder blinzelte sie an und machte große Augen. »Wie bitte?«

Sie drückte ihre Spielzeuge an sich und sah ihn mit starrer Miene an. »John sagt das die ganze Zeit. Es ist ungezogen, nicht wahr?«

»Es ist für ein sechs – und ein halb – Jahre altes Mädchen nicht ganz passend.«

»Bitte sagen Sie es Mama nicht. Oder Mrs. Armstrong. Ich bekomme sonst keinen Pudding zum Nachtisch.«

Calder legte eine Hand an sein Herz. »Ich schwöre, dass dein Geheimnis bei mir sicher ist. Verflucht.« Er zwinkerte ihr zu und sie kicherte. Oh, dieser Klang … Er betrachtete sie und sah die Zukunft, die seine hätte sein sollen – ein blondes Mädchen mit strahlend blauen Augen, einem Herz für Hunde und einer Neigung zu Schimpfworten.

Er bückte sich, hob das Rad auf und dann streckte er die Hand nach dem Karren aus. »Soll ich versuchen, es für dich zu reparieren?«

Sie nickte und reichte ihm den Karren.

Calder inspizierte das Spielzeug und erkannte, dass ein Einzelteil fehlte. Er blickte sich suchend auf dem Boden um und konnte es finden. Er schob das Rad wieder auf die Achse und dann bückte er sich, um das fehlende Teil aufzuheben, das er am Ende befestigte, um das Rad an Ort und Stelle zu fixieren. »Hier hast du es.« Er gab ihr das Spielzeug zurück.

»Vielen Dank, Sir.«

Er bemerkte, dass die Spielzeugsoldaten eher für einen Jungen gepasst hätten. »Hättest du gern eine Puppe?«

Sie zuckte die Schultern. »Vermutlich. Aber ich hätte lieber mehr Soldaten. Und vielleicht ein Gewehr. Ich habe mir zu Nikolaus eins gewünscht – und einen Hund – aber stattdessen habe ich diese hier bekommen.«

Calder konnte nicht anders, als zu lachen. »Du willst ein Gewehr?«

»Ja, damit ich Freddie erschießen kann.«

Sein Lachen unterdrückend sprach Calder in seinem ernsthaftesten Tonfall, denn die Tatsache, dass sie jemanden erschießen wollte, war ernst zu nehmen. »Wer ist Freddie?«

»Er zieht mich an den Haaren und er klaut meine Kekse. Ich mag ihn nicht.«

»Ich glaube, ich mag ihn auch nicht. Allerdings ist es sehr übertrieben, ihn zu erschießen.«

»Ich würde ihn nicht *umbringen*«, lenkte sie mürrisch ein.

»Nun, das ist gut zu wissen. Wie wäre es, wenn du dich auf eine andere, passendere Weise rächst?«

Calders Verstand arbeitete, bis er eine Lösung gefunden hatte. »Du sagst, er stiehlt deine Kekse?« Bei ihrem Nicken fuhr Calder fort. »Das nächste Mal tust du etwas in deine Kekse, das ihn zum Schreien bringt.«

Sie starrte ihn sprachlos an. »Was würde einen Jungen zum Schreien bringen?«

»Maden.« Calder wusste das aus persönlicher Erfahrung. Als er in Alices Alter gewesen war, hatte er Essen in seinem Zimmer versteckt – er konnte sich allerdings weder daran erinnern, noch konnte er identifizieren, was es war. Als er einige Zeit später darüber stolperte, erkannte er, dass es vor Maden nur so wimmelte. Er hatte geschrien und dann war er bestraft worden, weil er Essen versteckt hatte.

»Wenn ich es mir noch einmal überlege, solltest du das vielleicht nicht tun«, gab er zu bedenken. »Ich möchte nicht, dass du Schwierigkeiten bekommst.«

Heftig schüttelte sie den Kopf. »Oh, das werde ich nicht. Er ist derjenige, der meine Kekse stiehlt, und wenn er etwas sagt, wird Mrs. Armstrong wissen, dass er ein Dieb ist.«

»Vielleicht sollten die Kekse ein Geschenk sein. Auf

diese Weise hast du keine Schuld. Ich werde dir welche bringen, aber für Freddie.«

»Oh, das würden Sie tun?« In ihrer Stimme schwang ein Anflug von Ehrfurcht mit, der ganz anders als die an Angst grenzende Ehrfurcht war, den ihm alle anderen entgegenbrachten.

»Natürlich, und außerdem ein paar für dich, die keine Maden haben.«

Sie grinste breit. »Ich mag Sie fast so sehr wie Ihren Hund.«

Sein Herz schwoll an. »Das ist das schönste Kompliment, das ich je erhalten habe.«

Sie verdrehte die Augen. »Das ist es *nicht*.«

Das war es tatsächlich.

Eine kurze Weile später, nachdem er Alice hinterhergesehen hatte, wie sie zurück ins Haus ging, entfernte Calder sich, ohne hineinzugehen. Er musste die undichten Stellen oder das Mobiliar nicht sehen, das benötigt wurde, um zu entscheiden, Hartwell House zu unterstützen. Sein Intermezzo mit Alice hatte ihm alles mitgeteilt, was er wissen musste. Dass Hartwell House seine Hilfe brauchte – und Hunde – und dass er nicht vollkommen gebrochen war.

Er war ernsthaft beschädigt, aber zum ersten Mal hatte er die Hoffnung, dass er wiederhergestellt werden konnte. Er lächelte beim Gedanken, dass Alice Freddie erschießen wollte. Dem Jungen würde es leid tun, sie je an den Haaren gezogen und ihre Kekse gestohlen zu haben.

Als Calder in die Küche ging, um seine sehr speziellen Anforderungen für die Kekse mit der Köchin zu besprechen, legten alle Bediensteten dort und in der Spülküche die Arbeit nieder und versuchten, nicht mit offenem Mund zu gaffen.

»Damit ich Euch richtig verstehe, Euer Gnaden«, sagte

die Köchin. »Ihr möchtet ein halbes Dutzend Kekse mit … Maden?«

»Oder irgendeiner Art von Ungeziefer, das um diese Jahreszeit erhältlich ist«, antwortete er, als ihm aufging, dass Maden im Dezember vielleicht schwer zu finden seien, es sei denn, man besuchte das stille Örtchen. Und er würde niemals jemanden bitten, *das* zu tun – nicht einmal an einem Tag mit seiner unausstehlichsten Laune.

»Ich weiß genau das Richtige«, bemerkte eine ihrer Assistentinnen. »Würmer sind das ganze Jahr über zu finden. Würde das genügen?«

»Ich denke schon. In Hartwell House gibt es ein Mädchen, und sie sagt, dass einer der Jungs ihr immer die Kekse stiehlt. Ich würde ihn gern davon abbringen und ihn zu erschießen – das war ihre Lösung – erschien mir unangemessen. Würmer in den Keksen, die er sich stibitzt, sollten seinen Diebereien ein Ende machen.«

Alle in der Küche starrten ihn an. Dann fing die Köchin an zu lachen. Andere stimmten ein. Calder ertappte sich, wie er lächelte.

Nach einer Minute sagte die Köchin: »Wir werden uns etwas einfallen lassen. Er wird ihre Kekse nicht mehr stehlen.«

»Danke«, entgegnete Calder. »Ich werde sie morgen Nachmittag brauchen, zusammen mit einigen für das Mädchen, die frei von Ungeziefer sind.«

»Oh, wir werden etwas ganz besonderes nur für sie backen.« Die Köchin und ihre Assistentin tauschten einen Blick aus und Calder konnte sich nicht erinnern, wann er sich das letzte Mal so … zufrieden gefühlt hatte.

Was würde er nicht darum geben, damit dieses Gefühl andauerte. Es war zu schade, dass es bereits zu verblassen begann.

~

*D*as Wetter am Tag vor Heiligabend war so kalt wie die Tage zuvor, doch mit einem zusätzlichen Bonus: Drohendem Schneefall. Felicity sah zum Himmel auf, als sie mit einem Stapel Papier beim Hartwell House ankam.

»Ich glaube nicht, dass es bis später schneien wird, wenn überhaupt«, bemerkte ihr Kutscher, als er ihr aus der Kutsche half.

»Nun, wenn es anfängt, werden wir sofort abfahren«, sagte sie. »ich werde sowieso nicht sehr lange bleiben.«

Er nickte und dann übergab er ihr den Stapel Papier, den Felicity zusammengebracht hatte. Sie hatte das Papier überall gesammelt und so viel gekauft wie sie finden konnte. »Danke. Werden Sie in den Stall gehen, um sich aufzuwärmen?«

»Jawohl«, antwortete er mit einem Grinsen. »Neulich hatte ich auch einen Becher guten Ales.«

»Ich bin froh, das zu hören«, gab Felicity zurück und lachte leise, ehe sie sich umdrehte und zur Tür ging. Sie klopfte, aber niemand kam. Dann hörte sie … Schreie?

Beängstigt darüber, wer auch immer diese Geräusche erzeugte, öffnete Felicity die Tür und trat ein. Schnell legte sie das Papier auf der langen Holzbank ab, die sich an der rechten Seite der Eingangshalle entlang erstreckte, und eilte auf das Geräusch zu. Einen Augenblick später trat sie in den Speisesaal, wo ein Junge abwechselnd auf den Boden spuckte und herumtanzte. War er derjenige, der geschrien hatte?

Sie machte Anstalten, auf ihn zuzugehen und ihn zu fragen, ob mit ihm alles in Ordnung war, doch dann bemerkte sie, dass die anderen Kinder nicht alarmiert waren. Um genau zu sein, waren sie … belustigt. Warum lachten sie über ihn? Und warum erweckte eines der Mädchen den Eindruck, als hätte es gerade einen sehr wichtigen Wettkampf gewonnen?

Dann bemerkte Felicity das Erstaunlichste von allem: Calder stand mit verschränkten Armen und einem vor Heiterkeit erhellten Gesicht in der Ecke. Heiterkeit? Sie blinzelte und war sicher, dass sie sich seinen Ausdruck nur einbildete. Aber nein, das tat sie nicht. Er war *amüsiert.*

Anstatt zu unterbrechen, was vor sich ging, schlich sie sich an der Wand des Saals entlang, bis sie Calder erreichte. »Was ist passiert?«

»Freddie hat seine Quittung bekommen«, sagte er durch sein Lächeln.

Felicity betrachtete die Szenerie. Der Junge – Freddie, vermutlich – hatte aufgehört, sich zu bewegen. Sein Gesicht war blass und er starrte das Mädchen an, das noch immer sehr erfreut über alles zu sein schien.

»Was um alles in der Welt ist hier los?« Mrs. Armstrong trat – von mehreren Frauen gefolgt – ein und Felicity fragte sich, warum sie so lange gebraucht hatten. »Wir sind einen Moment nach draußen gegangen, um einen raschen Spaziergang zu machen und dann passiert so etwas?« Sie nahm Freddie und das Mädchen ins Visier. »Was ist passiert?« Ihr Blick wurde argwöhnisch. »Freddie, hast du schon wieder jemandes Kekse genommen?«

»Das hat er in der Tat«, antwortete Calder milde. »Wie auch immer, ich wage zu sagen, dass er das nicht wieder tun wird. Das stimmt doch, Freddie?« Calder sah den Jungen mit einem seelenruhigen Lächeln an, das diesem die Frechheit auf direktem Weg austreiben sollte. Und vielleicht war dem auch so. Freddie wirkte entsetzt, dass ein Herzog, oder vielleicht nur ein Mann zu ihm sprach, weil keine im Haus wohnten. Es kam Felicity in den Sinn, dass er möglicherweise von etwas männlicher

Anleitung profitieren könnte. Vielleicht könnte sie ihn überzeugen –

Meine Güte, was *dachte* sie? Sie hatte Calder bereits weit über seine Grenzen getrieben.

Mrs. Armstrong seufzte und eine andere Frau trat vor. Sie schien außerordentlich wütend und ihre dunklen Augen waren auf Freddie fixiert. »Ich habe dir gesagt, dass du das Fest am zweiten Weihnachtstag verpassen wirst, wenn du dir noch etwas zuschulden kommen lässt.«

Freddie erbleichte und dann ließ er den Kopf hängen.

»Entschuldige dich bei Alice«, befahl eine Frau, die wahrscheinlich seine Mutter war, als sie neben ihn trat.

»Es tut mir leid«, murmelte er, den Blick weiterhin auf den Boden geheftet.

Seine Mutter klopfte mit dem Fuß auf. »Schau sie an, wenn du das sagst.«

Freddie hob den Kopf und sah die triumphierende Alice an. »Es tut mir leid, dass ich deine Kekse genommen habe. Ich werde es nie wieder tun.«

»Gut. Du weißt, was dir passiert, wenn du das machst«, warnte sie ihn.

Eine weitere Frau, die blondhaarig und fast sicher Alices Mutter war, trat hinter Mrs. Armstrong hervor. »Aber Alice, Rache nehmen ist nicht sehr damenhaft.«

Alice grinste Calder zu und dann nickte sie in Richtung der Frau. »Ja, Mama.«

»Ich denke, es ist Zeit, dass alle auf ihre Zimmer gehen und sich ausruhen«, sagte Mrs. Armstrong.

Die Kinder verstreuten sich und viele von ihnen redeten und lachten, als sie davongingen. Alice kam zu Calder und umarmte ihn.

Felicity starrte ihn schockiert an, als er ihre Umarmung erwiderte und ihr etwas ins Ohr flüsterte. Sie grinste und nickte und dann wandte sie sich wieder ihrer Mutter zu, die Calder verwundert ansah.

Ein Blick auf Mrs. Armstrong zeigte, dass diese ihn auf die gleiche Weise betrachtete. Es schien, als ob jeder Erwachsene im Zimmer ebenso verblüfft über Calders Benehmen war wie Felicity. Und warum auch nicht? Bis … heute war er offenbar kein Unterstützer von Hartwell House gewesen. Zu sehen, dass er sich irgendwie mit einer der Bewohnerinnen angefreundet und vielleicht eine Rolle bei diesem Racheakt gespielt hatte, war absolut erstaunlich.

Felicity würde es nicht geglaubt haben, wenn sie es nicht gesehen hätte.

Das hatte sie allerdings. Sie wusste, dass der wahre Calder – derjenige, den sie liebte – dort drin war. Und ja, sie liebte ihn nach all dieser Zeit immer noch. Das war einfach nur der Beweis für etwas, wovon sie bereits wusste, dass es wahr war. Sie war besonders froh, dass andere es auch sehen konnten.

Als der Raum sich bis auf Calder, Felicity und Mrs. Armstrong geleert hatte, runzelte Letztere die Stirn, ehe sie das Wort an Calder richtete. »Euer Gnaden, ich bin erfreut, Euch hier zu sehen. Allerdings muss ich Euch bitten, keine Unruhe zwischen den Kindern zu stiften.«

»Ich bezweifle, dass er das getan hat«, entgegnete Felicity, die das Bedürfnis hatte, ihm zur Hilfe zu kommen. Sie kam an seine Seite. »Ich habe ihm von den Dingen erzählt, die Sie brauchen und ich glaube, dass er vorbeigekommen ist, um sich selbst zu überzeugen.«

»Ja«, stimmte Calder zu. »Ich wäre sehr erfreut, wenn Sie meine Unterstützung zur Instandsetzung von Hartwell House akzeptieren würden.«

Mrs. Armstrong stand der Mund offen, aber sie schloss

ihn rasch wieder. Sie nickte und war offenbar vollkommen sprachlos.

Felicity sprang ein und füllte die Stille aus. »Könnten Sie auch eine Liste der Möbel bereitstellen, die Sie brauchen? Ich weiß, dass Sie einen Mangel an Betten haben, und wie es der Zufall will, können wir morgen vielleicht einige bringen lassen.«

»Am Heiligen Abend?«, fragte Mrs. Armstrong.

Richtig, vielleicht nicht an Heiligabend. Oder am Weihnachtstag. Oder dem zweiten Weihnachtstag. Du liebe Güte, es war eine geschäftige Zeit.

»Ich kann mir keinen besseren Zeitpunkt dafür vorstellen«, bemerkte Calder. »Es gibt vier Betten, die ich morgen liefern und aufstellen lasse, wo Sie sie brauchen.«

Mrs. Armstrong blinzelte ihn an. »Ich – Danke, Euer Gnaden. Ich bin von Eurer Großzügigkeit überwältigt.«

»Ich entschuldige mich, dass ich so lange gebraucht habe, um zu entscheiden, wie ich die Unterstützung meines Vaters fortsetzen könnte.«

Felicity vernahm einen schwachen Ton von Missfallen, als er »mein Vater« sagte, aber sie bezweifelte, dass Mrs. Armstrong es gehört hatte. Felicity musste ihre ganze Beherrschung aufbringen, um nicht seine Hand zu ergreifen und sie beruhigend zu drücken.

»Ich bin außerordentlich dankbar, Euer Gnaden. Darf ich Euch eine Erfrischung anbieten? Oder vielleicht einen Rundgang?«

»Ich muss aufbrechen, aber wenn Sie mir eine Liste der Dinge geben könnten, die Sie brauchen, werde ich dafür sorgen, dass Sie alles bekommen. Ich hätte auch gern eine Aufgliederung der Reparaturen, derer Sie sich bewusst sind, und werde sie an ein Architektenbüro weiterleiten, dass ich beauftragen werde, wenn ich nächsten Monat in London bin.«

»Sie werden ein Büro beauftragen?« Mrs. Armstrong sah aus, als müsste sie sich setzen.

»Natürlich. Ich bin in diesen Dingen kein Experte.«

Das wäre sehr teuer. Offensichtlich war Geld nie das Problem gewesen, was Calders Knausrigkeit anbelangte. Felicitys Herz tat ihr weh, das zu hören, aber sie wusste, dass er sich zum Besseren änderte und zu seinem eigenen Weg zurückfand.

Mrs. Armstrong schüttelte den Kopf. »Danke. Lord Darlington wird so begeistert sein. Ich kann mir vorstellen, dass er es bereits weiß, wo er doch Euer Schwager ist.« Sie lächelte. »Und jetzt bin ich einfach nur geschwätzig.«

»Mrs. Armstrong?«

Der Ruf kam aus der Küche und veranlasste Mrs. Armstrong, in diese Richtung zu schauen. »Wenn Ihr mich bitte entschuldigen wollt.« Sie sah Calder mit einem abschließenden breiten Grinsen an. »Ich danke Euch so sehr.«

Als sie gegangen war, drehte Felicity sich zu ihm um. »Ich möchte sagen, dass ich überrascht bin, aber das ist genau, was der Calder tun würde, den ich kenne. Ich bin so froh, dass ich ihn gefunden habe.«

Seine Miene verdüsterte sich für einen Augenblick. »Ich musste dich dazu bringen, mich nicht mehr zu belästigen.«

»Oh, ist es das?« Felicity stemmte eine Hand in die Hüfte. »Vielleicht möchtest du gern erklären, warum Alice dich umarmt hat? Das ist der Teil, der mich überrascht hat. Nein, er hat mich ungläubig gemacht.«

Er winkte ab. »Ich habe ihr eine kleine Anleitung gegeben, sonst nichts.«

»In Bezug darauf, wie sie an Freddie Rache nehmen konnte?«

Calder stieß inständig die Luft aus und endlich erwiderte er Felicitys Blick. »Er hat ihr immer die Kekse gestohlen und sie an den Haaren gezogen.«

Felicity unterdrückte ein Grinsen. »Und wie hast du überhaupt von seinen Missetaten erfahren?«

»Ich kam gestern vorbei, um mich selbst von der Lage zu überzeugen. Weil jemand« -er sah sie finster an - »mich fortwährend belästigt hat. Ich habe Alice kennengelernt und sie hat meiner Unterstützung bedurft.«

»Wie hast du es gemacht?« Felicity rückte näher an ihn heran und sah mit gespannter Aufmerksamkeit zu ihm auf.

»Meine Köchin hat die Kekse vorbereitet, die gestohlen werden sollten. Sie waren, ähm, mit einer Art von Ungeziefer verseucht.«

Das erklärte Freddies Geschrei und das Spucken, während er herumgehüpft war. »Ich möchte Mitgefühl für ihn aufbringen«, antwortete Felicity und lächelte über sich selbst, »aber es ist vermutlich kein Schaden entstanden.«

»Überhaupt keiner und es war eine wichtige Lektion – vor allem die Beschämung vor seinen Freunden. Er wird Alice nicht mehr belästigen.«

Felicity hatte einen grauenvollen Gedanken. Hatte Calders Vater ihm das angetan? »Bitte sag mir, dass du das nicht aus eigener Erfahrung kennst.«

»Nein, ich hätte die Beschämung vor meinen Freunden dem vorgezogen, was –« Er presste den Kiefer zusammen. »Unwichtig.«

Sie ergriff seine Hand und dann drückte sie sie beruhigend, so wie sie sich danach gesehnt hatte. »Es tut mir so leid, Calder. All das liegt jetzt hinter dir.«

Seine Augen waren traurig, beinahe verzweifelt und ihr Herz blutete. »Das hätte ich gern, aber manchmal weiß ich es einfach nicht.« Er zog seine Hand zurück. »Ich muss gehen.«

Sie wollte, dass er blieb, aber zu welchem Zweck?

Damit sie ihn halten und besänftigen konnte? Das war weder der richtige Ort noch die richtige Zeit. »Sind die Betten, die du herbringen lässt, aus dem Haus meines Vaters?«

Calder nickte. »Es sei denn, es macht dir etwas aus?«

Sie schüttelte den Kopf. »Ganz und gar nicht. Schließlich habe ich das vorgeschlagen. Ich bin hocherfreut, dass du sie Hartwell House spendest. Du hast ein gutes Herz, trotz deiner großen Anstrengungen, das Gegenteil zu beweisen.« Sie sagte das mit trockenem Humor, aber er lächelte nicht. Bei ihm war ein Lächeln noch immer rar. Vielleicht könnte Felicity Alice nach ihrem Geheimnis fragen, dem Herzog von Hartwell Lächeln, Gelächter und Umarmungen zu entlocken.

»Felicity, du würdest gut daran tun, nicht zu vergessen, dass ich keineswegs versuche, ein schwarzes Herz zu haben – es ist einfach so. Je eher du das erkennst, umso besser ist es für dich. Und umso eher wirst du vielleicht aufhören, mich zu belästigen.«

Er marschierte aus dem Raum und ließ sie in trauriger Verwirrung hinter ihm her starrend zurück. Sie war sicher gewesen, dass er Fortschritte machte.

Vielleicht hatte er sich auf sie beide bezogen. Nur weil er das Fest am zweiten Weihnachtstag ausrichtete und Hartwell House unterstützte, bedeutete das nicht, dass er bereit war, sich persönlichen Beziehungen – der Liebe – zu öffnen. Dem Herzschmerz.

Denn Felicity wusste, dass mit der Liebe auch der Herzschmerz kam. Sie selbst würde liebend gern das Letztere riskieren, um Ersteres zu haben. Sie war sich einfach nicht sicher, ob Calder je imstande sein würde, diese Einstellung zu teilen.

KAPITEL 8

*E*ine dünne Schneedecke bedeckte die Erde am Morgen von Heiligabend, als Calder mit seinen Schwestern und Schwagern aufbrach, um das traditionelle Weihnachtsscheit zu finden. Sie waren alle zu Pferd, während ein Knecht den Karren lenkte, der das Scheit nach Hause befördern würde. Isis rannte neben Calder her.

Es war ein merkwürdiges Gefühl, mit seinen Schwestern und ihren Ehemännern zusammen zu sein, und das lag wahrscheinlich daran, dass es das erste Mal war. Er war erst seit letztem Frühjahr zurück auf Hartwell und davor waren Jahre vergangen. Er fühlte sich, als ob er sie kaum kannte.

»Dies ist eine hübsche Baumgruppe«, verkündete Poppy. »Lasst uns hier suchen.«

Ihr Ehemann stieg geschwind ab und eilte herbei, um ihr behilflich zu sein. Er hob sie sehr vorsichtig vom Pferd und setzte sie sanft auf dem Boden ab.

Calder war das Weihnachtsscheit nicht besonders wichtig. Ehe er zugestimmt und seinen Schwestern erlaubt hatte, zu kommen, hatte er nicht einmal vorgehabt, eines zu suchen. Mit Isis hinauszugehen, die Schnee liebte, war der einzige Grund, warum er sich ihnen heute angeschlossen hatte.

»Haben wir nicht schon einmal ein Weihnachtsscheit von dieser Baumgruppe geschlagen?«, fragte Bianca.

»Du hast ein gutes Erinnerungsvermögen«, lobte Poppy. »Du kannst nicht älter als fünf oder so gewesen sein.«

Damit wäre Calder damals dreizehn gewesen. Er war von Eton nach Hause gekommen, obwohl er lieber auf dem Internat geblieben wäre.

Als geschlossene Gruppe gingen sie auf die Bäume zu und beäugten sie beim Näherkommen. Alle, mit Ausnahme von Calder. Sie könnten einen alten, verrotteten Baum auf dem Waldboden finden, und das wäre in Ordnung für ihn.

»Danke, dass du uns nach Hartwell eingeladen hast«, bemerkte Buckleigh. »Ich bin froh, dass wie die Vergangenheit hinter uns lassen. Hoffentlich bist du das auch.«

»Ash«, zischte Bianca, ehe sie ihren Ehemann in die Rippen stieß. »Nicht jetzt.«

»Entschuldigung«, murmelte Buckleigh.

»Jetzt ist gut«, entgegnete Calder seufzend. »Ich habe vor, Bianca ihre Mitgift zu geben.«

Poppy trat zu ihm und berührte ihn lächelnd am Arm. »Danke.«

Wenn er sich angesichts von Mrs. Armstrongs Dankbarkeit unbehaglich gefühlt hatte, war dies zehnmal schlimmer. Er hatte das Gefühl, als ob er aus seiner Haut kriechen wollte. Auf einen Baum zeigend fragte er: »Wie wäre es mit dem?«

»Zu dünn«, antwortete Bianca.

Sie hatte recht, aber andererseits hatte Calder auch nicht wirklich hingesehen. Er hatte einfach nur versucht, die Unterhaltung in eine andere Richtung zu lenken.

Bianca ging auf den Baum daneben zu. »Dieser hier. Er ist perfekt.«

»Das ist er«, stimmte Poppy zu. Sie beide sahen Calder an, der mit den Schultern zuckte. »Gabriel?«, fragte Poppy.

»Was immer meine Liebste wünscht.« Darlington sah sie mit Wärme und Liebe an und obwohl Calder versuchte, immun zu bleiben, zog er sich innerlich vor Eifersucht zusammen.

»Ich werde die Axt holen«, erbot sich Buckleigh und marschierte darauf zum Karren zurück.

Bianca ging zu Calder hinüber. »Das fühlt sich langsam wirklich wie Weihnachten an. Ich bin so froh, dass wir alle hier zusammen sind.« Ihre strahlend blauen Augen funkelten in der Morgensonne, die durch die Wolkendecke lugte.

Poppy trat an ihre Seite und hakte sich bei Bianca unter. »Und denke nur an nächstes Jahr, wenn kleine Fußstapfen im Schnee zu sehen sein werden.«

Bianca lachte. »Es sei denn, dein Kind lernt mit alarmierender Geschwindigkeit laufen, glaube ich das nicht.«

Poppy kicherte und jetzt verstand Calder, warum Darlington sie mit solcher Umsicht behandelte.

Abermals verspürte er einen Stich von Eifersucht. »Herzlichen Glückwunsch.«

»Danke«, sagte Poppy. »Ich weiß, dass du es nicht bemerkt hast, und warum solltest du auch, aber ich hatte geglaubt, ich könnte keine Kinder bekommen. Gabriel und ich sind beinahe drei Jahre verheiratet und ... Nun, wir sind sehr glücklich.«

In Calders Brust entfaltete sich ein Gefühl der Wärme, das sich dann ausbreitete. Es war ein Glücksgefühl – nicht für ihn, sondern für seine Schwester, die gütigste Seele, die er je kennengelernt hatte. Wenn jemand die Freude über ein Kind verdient hatte, dann sie. »Ich bin so froh für dich«, sagte er leise.

Poppy drehte den Kopf und wischte mit einem Finger über ihr Auge. »Ich wünschte, Papa wäre hier, um unser Glück zu teilen.«

Und einfach so flackerte die schwache Flamme in Calder und erlosch. »Ich nicht.« Die Worte entwischten seinem Mund ungebeten und er wünschte sich sofort, sie zurücknehmen zu können.

Natürlich fragte Bianca: »Warum hast du ihn nicht gemocht? Er war so niedergeschlagen, dass du ihn nie besucht hast, insbesondere am Ende.«

Calder konnte es ihr nicht sagen. Sie sollten ihre gesamten Leben lang nicht erfahren, wie grausam er gewesen war.

Er konzentrierte sich auf Buckleigh, der mit der Axt zurückkehrte. Er und Darlington besprachen, wie sie den Baum fällen wollten. Der Knecht stand daneben und war bereit, seine Hilfe anzubieten. Calder würde auch helfen. Er würde das verdammte Ding aus dem Erdreich reißen, um diese Unterhaltung mit seinen Schwestern zu umgehen.

Doch noch bevor er sich entfernen konnte, sagte Bianca: »Erinnerst du dich an das Weihnachtsscheit, das beinahe das Haus in Brand gesetzt hätte?«

Poppy machte große Augen. »Ja! Das war fast eine Katastrophe.« Sie sah zu Calder hinüber. »Warst du in jenem Jahr da?«

Calder hatte einige Weihnachtsfeste versäumt, da er die Einladungen von Schulfreunden angenommen hatte. »Ich denke nicht.«

»Am liebsten war mir auf der Suche nach einem Weihnachtsscheit immer Papas Gesang«, bemerkte Bianca lächelnd. »Er hatte so eine schöne Stimme – die du geerbt hast«, sagte sie zu Poppy. »Ich könnte das Scheit besser halten als eine Tonlage.«

Sie lachten beide und plötzlich konnte Calder keinen Augenblick mehr ertragen, sich ihre liebevollen Erinnerungen von »Papa« länger anzuhören. Irgendetwas in seinem Inneren barst und flog auseinander wie ein schweres Geschütz, das klemmte, anstatt sauber zu schießen, wie es sein sollte. Von Calder wurde erwartet, seinen Vater im Stillen zu erleiden. Doch andererseits war das genau, was der Mann gewollt hatte, oder etwa nicht? Sollte Calder nicht das Gegenteil tun wollen, wie bei allem anderen?

Er starrte sie an. »Hier ist eine Erinnerung, an die keiner von euch wahrscheinlich mehr denkt. Eigentlich glaube ich, dass Bianca noch ein Baby war. Ja, das stimmt, weil das Jahr, nachdem Mama gestorben war, das allerschlimmste gewesen war. Und Poppy, du warst wahrscheinlich ebenfalls mit dem Kindermädchen zuhause.«

Seine beiden Schwestern sahen ihn an und ihre Blicke zeigten eine Mischung aus Skepsis und echtem Interesse.

»Wir sind wie immer auf die Suche nach dem Weihnachtsscheit gegangen, allerdings war es nicht mehr dasselbe, ohne Mama. Sie war diejenige, die gesungen hatte, und sie hatte Kekse und einen Krug Glühwein dabei. Im letzten Jahr, in dem sie mit uns gekommen war, durfte ich endlich davon trinken.« Er konnte nicht anders, als Bianca anzusehen, welche die wunderschöne, lebhafte Frau, die ihre Mutter war, nie gekannt hatte. Als er an all die Qualen dachte, die er erlitten hatte, wusste er, dass ihre wahrscheinlich weitaus größer waren. Und dennoch fragte er sich, ob es nicht besser wäre, sie gar nicht gekannt zu haben, als zu vermissen, was man nie wieder haben konnte. Er hatte den gleichen Gedanken über Felicity gehabt – dass es ihm weitaus besser gegangen wäre, wenn er sie nie gekannt hätte.

»Ich erinnere mich wirklich nicht an sie«, sagte Poppy leise. »Ich erinnere mich an ihren Duft – Heckenkirsche. Aber alles andere weiß ich von dir.« Sie sah Calder an. »Ich habe dir, glaube ich, nie dafür gedankt, die Erinnerung an sie für mich lebendig gehalten zu haben.«

Calder war beinahe von Emotion überkommen. Weil er es nicht für sie getan hatte. Er hatte es für sich selbst getan. Er war so selbstsüchtig, wie man nur sein konnte, genau wie sein Vater gesagt hatte.

»Calder, du wolltest uns von der Suche nach dem Weihnachtsscheit erzählen«, warf Bianca ein.

Nach dem, was Poppy gesagt hatte, würde er das lieber gelassen haben. Aber Bianca würde drängen … und die Geschichte wollte nach all dieser Zeit erzählt werden. »Ich habe einen Baum ausgesucht, aber er sagte, dass er nicht richtig war. Er wäre zu … ich erinnere mich nicht einmal.« Calder starrte an ihnen vorbei in die Ferne, zu jenem Tag, der ihm so klar in Erinnerung war, wie die Landschaft vor ihm. »Ich hatte diesen Baum wirklich gewollt. Er erinnerte mich an einen, den Mama im Jahr davor ausgesucht hatte. Ich wusste einfach, dass es derjenige war, den sie gewollt hätte. Aber er wollte es nicht erlauben, und weil ich widersprochen habe, hat er mich dort gelassen.«

»Wo?«, flüsterte Poppy, deren Augen vor Beunruhigung weit aufgerissen waren.

Calder zuckte die Schultern. »Weit von zuhause entfernt. Ich habe Stunden für den Heimweg gebraucht. Und es hatte zu schneien angefangen. Ich war beinahe erfroren und als ich zu Hause ankam, hat er nur zu mir gesagt, dass ich nicht auf den Teppich tropfen soll.«

»Oh, mein Gott«, hauchte Bianca und trat dicht an seine Seite, während Poppy zu seiner anderen Seite kam.

»Hatte er außerdem noch andere ähnliche Dinge getan?«, fragte Poppy, deren Stimme kaum noch ein Krächzen war.

»Die ganze Zeit.« Calder konnte sie nicht ansehen. »Er hatte mich ganz anders als euch behandelt. Und er war immer sehr darauf bedacht, dass ihr es nie seht.« Jetzt sah er auf Bianca hinab, die mit einem traurigen Blick zu ihm aufsah. »Ich hatte von dir – vor allem – erwartet, dass du sagst, das könnte nicht wahr sein.«

»Das möchte ich und wenn auch nur, weil ich mir nicht vorstellen will, dass er dich so behandelt hat, aber ich kann sehen, dass er das getan hat.«

Tat sie das? Ja, er hörte die Qual in ihrer Stimme.

»Oh Calder, Ich wünschte, du hättest uns das erzählt.« Poppy schlang einen Arm um seinen Rücken und legte den Kopf auf seinen Bizeps. Es war der Versuch einer Umarmung, aber er war wie erstarrt – eingeschlossen in der Vergangenheit.

»Ich wollte nicht, dass ihr es wisst.«

»Dein Stolz ist lächerlich«, stellte Bianca sanft fest, als sie seine Hand umklammerte.

Er zog sich von ihnen beiden zurück. »Es war nicht mein Stolz! Es war *er*. Ihr habt ihn geliebt. Er hatte euch beide geliebt. Er hatte euch das Beste von sich gegeben. Ich habe den einzigen Elternteil verloren, der mich geliebt hatte und als er sie verloren hatte, musste ich die Wucht seiner Emotionen ertragen. Was ich auch tat, war nichts je gut genug. Er hatte mir nicht einmal die Frau vergönnt, die ich liebte.« Vielleicht würden sie jetzt verstehen, warum er sich entschieden hatte, nicht zu fühlen. Es kam nichts Gutes dabei heraus.

Poppy rührte sich zuerst und trat einen Schritt auf ihn zu. »Es tut mir so leid.«

Alles verschwamm. Er wollte ihr Mitleid nicht. Er wollte gar nichts.

Er machte kehrt und marschierte aus dem Wäldchen. Isis folgte ihm und sah ihn neugierig an, als er sein Pferd bestieg. »Bleib«, gebot Calder ihr, der wusste, dass die anderen sie mit zum Haus zurücknehmen würden. Im Augenblick war er nicht sicher, wohin er wollte. Oder besser gesagt, ob er zurückkommen würde.

~

Glücklicherweise war die Schneedecke auf dem Boden nicht zu dick, da Felicity sonst nicht in der Lage gewesen wäre, zu dem alten Häuschen zu fahren, wo ihre Familie einst gewohnt hatte. Sie war nicht zurückgekehrt, um es eingehend als Ganzes in Augenschein zu nehmen und das wollte sie tun, ehe die Betten heute abtransportiert würden.

Sie traf frühzeitig ein, gerade als die Dienstboten und Knechte von Hartwood ankamen. Sie half, sie anzuleiten und wunderte sich, warum Calder nicht hier war. Die Leute erzählten ihr, dass er mit seiner Familie auf Weihnachtsscheitsuche war.

Als sie jetzt die Betten aufluden, lächelte sie immer noch. Es schien, als ob Calder es wirklich weit gebracht hätte. Vielleicht war er endlich bereit, die Vergangenheit hinter sich zu lassen und in eine erfreulichere Zukunft zu sehen.

Einer der Knechte kam im Hausflur auf sie zu, um mit ihr zu sprechen. »Wir sind jetzt bereit, nach Hartwell House zu fahren. Danke für Ihre Hilfe, Mrs. Garland.«

»Es war mir ein Vergnügen. Ich wünsche Ihnen fröhliche Weihnachten.«

»Ihnen auch. Wir sehen Sie dann am zweiten Weihnachtstag?«

»Davon gehe ich aus. Ich werde es nicht verpassen.«

Er nickte lächelnd und dann ging er. Felicity zog den Schal enger um ihre Schultern und dann schloss sie die Tür hinter ihm, ehe sie nach oben ging, um das kleine Feuer zu löschen, das sie im Salon angezündet hatte. Während die Dienstboten und Knechte die Möbel hinausgetragen hatten, hatte sie es sich in einem Sessel bequem gemacht, von dem sie hoffte, dass Calder ihr erlauben würde, ihn mit nach Hause zu nehmen. Sie würde ihn später fragen, vielleicht am zweiten Weihnachtstag, weil sie ihn dann wahrscheinlich das nächste Mal sehen würde.

Das Knarren einer Bodendiele veranlasste sie, sich zur Tür zum Wohnzimmer umzudrehen. Calder stand auf dem oberen Treppenabsatz.

Er trug weder Hut noch Handschuhe und er war gerade dabei, seinen Übermantel abzulegen, den er zu Boden fallen ließ. Mit den Fingern fuhr er sich durch sein dunkles Haar, das in dicken Büscheln abstand. Seine grauen Augen, die normalerweise so kalt und arrogant wirkten, glühten wie flüssiges Silber. Irgendetwas lag sehr im Argen.

Sie trat zu ihm und nahm seine Hände in ihre. Er war nicht so kalt, wie sie erwartet hatte, aber er fühlte sich dennoch sehr kühl an. »Du brauchst ein Feuer. Im Kamin im Salon brennt eines.«

Er schüttelte den Kopf. »Ich brauche nur dich.«

Oh. Die Begierde durchströmte sie. Das Gefühl war mit nichts zu vergleichen, was sie je erlebt hatte, und dennoch erkannte sie es sofort.

Sie ließ ihre Hände an seiner Vorderseite emporgleiten und krümmte sie um seine Frackaufschläge. Ihr Schal fiel hinter ihr zu Boden. »Sag mir wie.«

»Auf jede Weise, die du mir gestattest.«

Sie wusste nicht, was sich bei der Weihnachtsscheitsuche zugetragen hatte, um ihn in einem verzweifelten Aufruhr hierher zu treiben und sie war nicht sicher, ob es wichtig war. Sie war nur froh, dass sie hier war, um ihn zu treffen. Endlich hatte sich etwas zu ihren Gunsten entwickelt und sie zusammengebracht, anstatt sie auseinanderzutreiben.

»Ich bin hier. Ich bin Dein.«

Er schlang die Arme um sie und küsste sie, indem er über ihren Mund herfiel. Das war nicht wie die neugierigen, eifrigen Küsse ihrer Jugend oder die irgendwie vorsichtigen Küsse neulich. Dies war Feuer und Eis, das absolute Extrem von Küssen. Felicity fühlte sich, als ob sie vielleicht dahinwelken und sterben könnte, wenn sie nicht weitermachten … es nicht vollendeten oder zu was auch immer für einem Ende brachten, das sie sich wünschten.

Allerdings wollte sie kein Ende. Sie wollte ein »Für immer«.

Seine Lippen und Zunge bewegten sich mit ihrer, als wäre das letzte Jahrzehnt nie zwischen sie gekommen, als ob sie füreinander gemacht wären. Das hatte sie vor zehn Jahren ganz sicher gedacht. Fieberhaft hoffte sie, dass es jetzt wahr würde.

Er bewegte die Hände an ihrem Rücken empor und zog die Nadeln aus ihrem Haar, das er in einer Kaskade herabließ. Dann fuhr er mit den Fingern durch ihre Locken und massierte ihr die Kopfhaut, während er mit seiner Handfläche ihren Kopf stütze und ihren Mund verschlang.

Sie wich mit einem Keuchen zurück und dann nahm sie ihn an der Hand und zog ihn in den Salon, wo sie Sticken und Schreiben und so viele andere Dinge gelernt hatte. Er gestattete ihr, ihn zum Kamin zu führen und dann zog er sie an sich und küsste sie noch einmal, wobei er keinen

Zweifel an seinen Absichten ließ. Gut, denn wenn er jetzt versuchte, sich von ihr zu entfernen, könnte sie womöglich das Haus um sie herum niederreißen, um ihn zum Bleiben zu bewegen.

Er lockerte die Bänder an der Rückseite ihres Kleides und zur Antwort zog sie an seiner Krawatte, bis der Knoten aufging. Die nächsten Minuten verbrachten sie damit, sich im Wechsel zu küssen und ihre Kleider auszuziehen, bis sie in ihrem Mieder und Unterhemd vor ihm stand, während er nur noch Hemd und Hose trug.

»Es ist kalt«, stellte sie fest und fragte sich, ob er deshalb zögerte, sie ganz auszuziehen.

»Mir ist nicht kalt. Ich glaube nicht, dass das möglich ist, wenn ich mit dir zusammen bin. Ich … ich genieße nur diesen Augenblick. Ich habe so lange darauf gewartet, dich auf diese Weise zu berühren, dich zu sehen … ich habe eintausend Mal davon geträumt.«

Seine Worte brachen ihr das Herz und dennoch heilten sie irgendwie die Risse und Abgründe, mit denen sie zu leben gelernt hatte. Sie zog an den Bändern ihres Mieders – froh, dass diese an der Vorderseite waren – und verschlang den Blick mit seinem. »Du musst nicht mehr warten. Und das ist kein Traum.«

Das gelockerte Mieder rutschte um ihren Brustkorb herab. Sie schob es über ihre Hüften und an ihren Beinen hinunter, bis es auf dem Boden lag. Dann stieß sie es sanft beiseite.

Sie tastete nach dem Saum ihres Unterhemdes und nahm die Baumwolle mit festem Griff, ehe sie den Stoff über ihren Kopf zog. Sie stand vollkommen nackt vor ihm und das war etwas, das sie bei ihrem Ehemann nie getan hatte. Ihre Intimität hatte stets in der Dunkelheit stattgefunden und sie hatte dabei immer ihr Nachthemd getragen. Einfach nur entblößt hier vor ihm zu stehen, war das Erotischste, was sie je getan hatte.

Wenn es jemand anderer wäre, hätte sie vielleicht schüchtern reagiert, aber es war Calder. Ihr Herz. Ihre Seele. Und er sah sie an, als ob sie eine Göttin wäre – *seine* Göttin. Noch nie hatte sie etwas Verlockenderes gesehen als die Besitzgier und den Hunger, die seinen Blick aufheizten.

»Du bist sogar noch schöner, als ich mir vorgestellt habe«, flüsterte er und rückte noch näher zu ihr. Er streichelte eine Seite ihres Gesichts und glitt mit den Fingern über die Haut an ihrem Hals hinab, bis er ihr Schlüsselbein zärtlich liebkoste. Und dann wanderte er sogar noch tiefer, bis er seine Hand über ihre Brust bewegte. Der Kontakt seiner Haut an ihrer entlockte ihr ein Stöhnen, das tief aus ihrer Kehle aufstieg. Sie fühlte sich vollkommen schamlos, als sie sich ihm entgegendrängte … auf der Suche nach mehr von seinen Liebkosungen.

Er schien zu wissen, was sie wollte, denn er umfasste ihre Brust zunächst sehr zart und dann fester, wobei er die Finger über der Brustwarze zusammenführte und sanft zupfte. Das Gleiche tat er mit der anderen Brust und er bewegte beide Hände auf ihr, womit er sie erregte und ein süßes und verzweifeltes Verlangen erzeugte, das direkt bis zu ihrem Geschlecht strahlte.

Er zupfte im rhythmischen Wechsel an ihren Brustwarzen und sie keuchte. Dann senkte er den Kopf, nahm eine davon in seinen Mund und saugte daran. Das Gefühl verursachte ihr weiche Knie, als eine weitere Welle der Begierde über sie hereinbrach.

Er schlang einen Arm um sie und führte sie zum Sofa, das nur einen Schritt entfernt war und vor dem Feuer stand. Er dirigierte sie, sich darauf niederzulassen und drückte sie auf den Rücken, ehe er sich auf den Boden neben sie kniete.

Sie sah ihn fragend an und wunderte sich, warum er auf dem Boden war und nicht auf sie kletterte. »Was tust du?«

»Ich verehre dich«, antwortete er einfach, ehe der den Kopf einmal mehr zu ihrer Brust sinken ließ. Er legte die Hand darum und hielt ihr Fleisch für seine neugierigen Lippen und Zunge fest. Und seine Zähne – er knabberte an ihr und sie bäumte sich vor Überraschung und Vergnügen auf.

Als seine Hand an ihrem Bauch hinabwanderte, war sie sich des pochenden Verlangens zwischen ihren Beinen bewusst. Sie hatte früher eine ähnliche Empfindung gehabt, aber das war nichts verglichen mit diesem Ziehen, das darum flehte, befriedigt zu werden. Sie wand sich vor Begierde auf etwas, wovon sie gewusst hatte, dass es immer gerade so außerhalb ihrer Reichweite gewesen war.

Sie schrie auf, als seine Finger ihr Geschlecht streiften.

»Spreize deine Beine, Felicity«, drängte er sie leise.

Sie folgte seinem Kommando, bereit für was immer er auch tun würde, und sie hoffte, dass es dieses Mal anders wäre. Das musste es sein – dies war Calder. Er streichelte eine Stelle am Anfang ihrer Scheide und ihr Körper zuckte vor Wollust.

Sie schloss die Augen und verlor sich in seiner Berührung. »Oh ja. Oh ja. Oh ja.« Sie konnte scheinbar nicht aufhören, das wieder und wieder zu sagen.

Er ließ einen Finger in sie gleiten und stieß ihn tief in sie hinein, um sie zu erfüllen. Sie wimmerte und bewegte ihre Hüften, denn sie wollte mehr. Er gab es ihr und glitt mit seinem Finger in sie hinein und wieder heraus, während er diese großartige Stelle weiterhin mit dem Daumen bearbeitete.

Er legte die andere Hand um ihren Nacken und drehte ihren Kopf so, dass sie ihn ansah. »Öffne die Augen, Liebste«, flüsterte er. »Ich möchte, dass du mich anschaust, wenn ich dich zum Orgasmus bringe.«

Sie tat, worum er sie bat, und mit seiner Hand stützte er ihren Kopf, während sie in seine silbrigen Augen blickte.

Als er das nächste Mal in sie stieß war da mehr – zwei Finger vielleicht – und sie schrie auf. Ihre Augen wollten sich schließen, doch seine Finger gruben sich in ihren Nacken. »Schau mich an, Felicity.«

Wieder und wieder stieß er in sie und als er sie erfüllte, trieb er sie in schwindelerregende Höhen. »Gott, du bist wunderschön. Ich kann nicht –« Er brach den Augenkontakt ab und bewegte seinen Kopf an ihrem Körper hinab. Dann war sein Mund auf ihr und leckte und saugte, während seine Finger ihre wilde, köstliche Penetration fortsetzten.

Sie konnte die Augen nicht offenhalten, als eine solche Lust sie überkam, dass es schien, als würde sie in den dunklen Nachthimmel fliegen, der mit funkelnden Sternen übersät war. Dort schwebte sie in absoluter Ekstase. Bis sie fiel. Ein herrlicher, spektakulärer Fall, der ihren Körper erschaudern und ihr Herz jubilieren ließ.

Als sie schließlich die Augen aufschlug, sah sie Calder auf seinen Füßen hocken. Sein Atem ging laut und schnell und sein Blick war geweitet, als er ihren Körper anblickte. »Ich will dich sehen«, sagte sie, als sie sich umdrehte, und vom Sofa glitt.

Sie kniete vor ihm und fand den Saum seines Hemdes. Er sagte nichts, sondern starrte sie nur an, das Gesicht angespannt, sein Körper steif. Sie konnte sehen, wie steif er war, als sie ihm das Kleidungsstück über den Kopf zog. Die Muskulatur seiner Schultern und der Brust traten deutlich hervor und zeigten, dass er ein sportlicher Mann war. Sie liebkoste seine Schlüsselbeine und zog die Hände an seinem Oberkörper hinab, wobei sie die Handflächen über seine warme Haut streifen ließ, damit sie sich jede Einbuchtung und Fläche einprägen konnte.

Als ihre Hände sich noch tiefer bewegten, sog er die Luft ein und hielt sie an. »Stimmt etwas nicht?«, fragte sie leise und ihre Hände hielten inne.

»Nein. Hör nicht auf.«

Sie ließ ihre Finger am Bund seiner Hose entlangwandern. »Wie soll ich dich ausziehen, wenn du so dasitzt?«

Im Nu war er aufgestanden und entledigte sich seiner restlichen Kleidung. Als er sich wieder hinkniete, starrte sie auf sein Geschlecht. Sie hatte das ihres Ehemannes nie betrachtet – und überhaupt wollte sie an nichts anderes als Calder denken.

Neugierig streckte sie die Hand nach ihm aus, doch dann zögerte sie. »Darf ich?«, bat sie schüchtern.

»Bitte.« Er nahm ihre Hand und legte sie um seinen Schaft. »Mein Schwanz wird nichts mehr mögen, als von dir berührt zu werden.«

Schwanz. Das Wort war sowohl rüde als auch unglaublich erregend. Sie entschied, dass sie nichts lieber tun würde als ihn zu berühren. »Zeig es mir«, bat sie.

Er behielt seine Hand auf ihrer und schob sie bis zum Ansatz hinab. »Streichele mich. Nicht zu fest und nicht zu zart.« Er sah sie eindringlich an und seine Hand führte die ihre.

Sie tat, was er beschrieb und umklammerte ihn mit festem Griff, ehe sie ihre Handfläche auf und ab gleiten ließ. An der Spitze stieß sie auf Feuchtigkeit und neugierig strich sie mit dem Daumen darüber.

Er stöhnte. »Felicity, setz dich auf das Sofa.«

Sie begann, sich zu erheben, bis er ihr hinauf half und ihr bedeutete, sich auf den Rücken zu legen. »Ich bedauere, dass es keine Betten gibt«, bemerkte sie lächelnd.

»Ich würde nicht einmal ein Sofa brauchen.« Er bedeckte sie mit seinem Körper und küsste sie innig, wobei er mit der Zunge tief in ihren Mund drang, als seine Hände erneut ihr Geschlecht ertasteten.

Sie spreizte die Beine und er positionierte sich zwischen ihnen – so gut, wie das Sofa ihm erlaubte – und sein Schaft stieß an ihre Öffnung. Ihr Geschlecht pulsierte vor Begierde, die von dort abstrahlte. Sie wollte diesen ... Orgasmus noch einmal. Könnte sie ihn erneut haben? Es fühlte sich ganz bestimmt so an, als ob sie das könnte.

Er glitt in sie und küsste ihren Nacken, während sie sich dehnte, um ihn aufzunehmen, und ihr Körper begrüßte ihn, als wäre er endlich nach Hause gekommen. Das war er ihrer Vermutung nach wohl.

Er bewegte sich langsam, erfüllte sie und dann zog er sich zurück, um sie nach und nach erneut zu füllen. Es fühlte sich himmlisch an, und doch war es nicht annähernd genug. Sie umklammerte seinen Hintern und drängte ihn, sich schneller zu bewegen. »Bitte, Calder.«

Dann ließ er sich gehen. Sein Mund nahm ihren kurz in Besitz, als er tief in sie drang. Sie stöhnte und grub die Finger in sein Fleisch ... sie war vor Wonne berauscht und wie von Sinnen. Sie bewegte sich mit ihm und ihre Körper fanden einen Rhythmus, der sie erneut bis an den Abgrund trieb. Sie sah auf den tintenblauen Himmel mit seinem Sternenteppich hinaus und tauchte kopfüber in süße Besinnungslosigkeit ein. Ihr Körper brach zusammen und explodierte unter ihm, und dann spürte sie, wie er sich versteifte. Er schrie ihren Namen heraus und dann rief er ihn wieder und wieder, während er tief in sie stieß.

Eine Lethargie, die so umfassend wie wundersam war, senkte sich über sie. Er drehte sich mit ihr und hielt sie fest an sich gedrückt, sodass sie zwischen ihm und der Rück-seite des Sofas eingeklemmt war. Lächelnd schmiegte sie sich an ihn und fühlte sich glücklicher als je zuvor.

Nach und nach wurde ihr Atem gleichmäßiger und seiner war tief und ruhig. Für einen winzigen Moment schlug sie die Augen auf, um festzustellen, dass er einge-döst war. Zufrieden küsste sie ihn auf den Kiefer und flüs-terte: »Ich liebe dich.«

Dann schloss sie sich ihm in seinem Schlummer an.

KAPITEL 9

arum war es so verdammt kalt?
          *Seine Haut fühlte sich wie Eis an, als ob er
nie wieder warm werden würde. Nebel waberte um ihn herum
und veranlasste ihn, sich zu fragen, ob es bereits Nacht war und
wie er ins Freie geraten war.*

*Der Nebel lichtete sich. Er war nicht draußen. Vor ihm lag
ein gemütlicher Salon, der mit Menschen angefüllt war, die er
nicht kannte. Nein, das stimmte nicht ganz. Die Frau, die neben
dem Kamin stand, schien äußerst vertraut – ihre grünen Augen
leuchteten vor Freude, als sie die Hand des Mannes ergriff, der
zu ihr trat.*

*Sein Haar war grau und ihres weiß. Die anderen waren
jünger und eine der Frauen war ganz offensichtlich ihre Tochter.
Ein Kind klammerte sich an ihre Röcke und die junge Frau hob
es in ihre Arme, um es zu der grünäugigen Frau zu tragen –
Felicity.*

*Sie lächelte das Mädchen an. »Fröhliche Weihnachten, meine
Süße.«*

»Großmutter!« Das Kind streckte die Arme nach ihr aus und

Felicity nahm sie in Empfang. »Großvater!« Sie grinste den Mann an Felicitys Seite an.

Er lachte leise und seine Augen waren so voller Liebe und Stolz, dass es Calder die Brust zerriss. Was für eine Hexerei war das? Felicitys Haar war blond. Ihr Ehemann war tot. Sie war keine Mutter, ganz zu schweigen Großmutter.

Und was hatte es mit dem Tannenbaum auf sich, der mit flackernden Lichtern auf seinen Ästen, als eine Art Weihnachtsbaumschändlichkeit, in der Ecke stand? »Das wird das Haus in Brand stecken!«, rief Calder aus.

Niemand schien ihn zu hören. Er bewegte sich vorwärts und wedelte mit einer Hand vor Felicitys Gesicht. Ihre Aufmerksamkeit löste sich nicht einen Deut von ihrer Enkeltochter.

Enkeltochter ... Sie sahen alle so glücklich aus.

Und wo war er? Warum war er nicht dort?

Der Nebel kehrte zurück und auch die eisige Kälte. Als die Luft das nächste Mal klarer wurde, war im Freien. Der Himmel über ihm war grau und um ihn erhoben sich die Grabsteine aus dem winterlichen Gras.

Das Dröhnen einer Stimme wurde durch den Wind getragen. Calder wanderte mit klopfendem Herzen zwischen den Steinen umher. Eine kleine Menschenansammlung stand bei einem Loch im Boden. Der Vikar beendete seine Predigt und dann richtete er den Blick auf die Menschen, die am Rand standen. Es waren nur vier Menschen – seine Schwestern und ihre Ehemänner.

Wie Felicity sahen sie älter aus. Ihr Haar war ergraut und die Falten um ihre Augen zeugten von ihrem Alter.

Er trat an das Loch und sah auf den schlichten Holzsarg hinab. »Wer ist gestorben?«, fragte er.

Wie auch bei Felicity und ihrer Familie reagierte niemand auf seine Anwesenheit. Sie sahen ihn nicht und hörten ihn nicht.

»Ich hoffe, er hat jetzt Frieden gefunden«, bemerkte Poppy, die traurig in das Loch sah. Sie drehte den Kopf zu Bianca um. »Ich kann nicht glauben, dass es nirgends einen Erben gibt.

Nach all diesen Generationen wird es keine Staffords mehr auf Hartwood geben. Was wird überhaupt aus Hartwood werden?« Poppy sah ihren Ehemann fragend an.

Der Marquess zuckte die Schultern. *»Die Königin wird entscheiden.«*

Königin? Es gab eine Königin? In was für einem verdammten Jahr war das?

»Es ist ohnehin in solch einem chaotischen Zustand«, bemerkte Bianca stirnrunzelnd. *Ich kann nicht glauben, wie schlimm Calder es vor seinem Tod hat herunterkommen lassen.«*

Derjenige in dem Loch war er selbst. *Calder begann, zu zittern. Er hatte nicht geglaubt, sich noch kälter fühlen zu können, aber das tat er.*

»Es ist nicht so, als hätte er eine ausreichende Anzahl Dienstboten beschäftigt«, stellte Biancas Ehemann fest. *»Die, die er gehabt hat, sind nie lange geblieben, und kannst du ihnen einen Vorwurf machen?«*

Poppy schüttelte den Kopf. »Nein, er war absolut grauenhaft.«

»Wirklich schrecklich.« Bianca erschauderte. *»Das letzte Mal, als ich ihn gesehen habe – vor einem Jahr –, hing ihm das, was von seinem grauen Haar noch übrig war, bist zur Mitte seines Rückens. Er war kaum imstande gewesen, seinen Blick zu konzentrieren und seine Hände waren wie Klauen.«*

»Nun, er war immer ein Untier gewesen«, murmelte Darlington. *»Entschuldigung«,* fügte er hinzu und legte Poppy die Hand in den Rücken, wobei er sie mitfühlend anlächelte.

»Das war allein seine Schuld, das stimmt«, antwortete Poppy mit einem Seufzen.

»Er ist einsam gestorben, so wie er sich entschieden hatte, sein Leben zu leben.« Bianca schüttelte bedauernd den Kopf.

Poppy sah zu dem jungen Vikar hinüber. »Bitte sprechen Sie heute Abend ein zusätzliches Gebet für unseren Bruder.«

»Das werde ich, Mylady.«

Nach einem letzten Blick in das Loch wandte Bianca sich ab. Poppys Mundwinkel zogen sich traurig hinab, ehe sie sich umdrehte und sich bei ihrer Schwester einhakte. Zusammen entfernten sie sich vom Grab und ihre Ehemänner folgten ihnen hinterher.

Der Vikar machte eine Geste in Richtung der Totengräber. Die beiden Männer traten mit ihren Schaufeln vor und fingen an, das Loch zu füllen.

Als die Erde auf das Holz traf, verschwand die Außenwelt um Calder. Nun war da nichts mehr als Finsternis und der stechende Geruch nach gesägtem Holz und nasser Kälte. Ein gleichmäßiges Tap-Tap erklang über ihm. Es war wie Regen und auch wieder nicht. Er streckte die Hand aus und stieß direkt vor sich auf Holz.

Er war in seinem Sarg.

Er schlug schreiend an das Holz und seine Hände wurden wund und waren voller Blutergüsse. Er konnte nicht tot sein. Nicht jetzt, nach dem, was er gerade erst gefunden hatte ...

Das Holz unter ihm gab nach und auf unerklärliche Weise fiel er. In einen Abgrund ...

»Calder, wach auf!«

Wieder stieß er vor und erwartete, auf eine Barriere zu stoßen. Da war nichts. Panisch schlug er die Augen auf, um zu sehen, wo er gelandet war.

»Calder!«

Das war eine Stimme, die er kannte. Ihre Stimme. Er blinzelte und sah Felicitys jugendliches, faltenfreies Gesicht und ihr goldblondes Haar. Als er den Kopf hob, sah er sich verwirrt um und dann erkannte er den Salon des ehemaligen Häuschens ihrer Familie.

Sie war nackt, genau wie er. Dann erinnerte er sich. Sie hatten auf dem Sofa gelegen. »Bin ich eingeschlafen?«, fragte er.

»Ja, wir haben eine Weile gedöst. Du hast zu schreien angefangen und dann bist du auf den Fußboden gefallen.«

Er war auf den *Fußboden* gefallen.

Dann ließ er den Kopf auf den Teppich zurücksinken und starrte zur Decke auf, als er die Luft tief in die Lungen sog, um seinen rasenden Puls zu beruhigen. Es war ein Traum gewesen. Er war tot gewesen und seine Familie war scheinbar nicht betrübt, obwohl es vermutlich reichte, dass sie an sein Grab gekommen waren. Selbst wenn sie überhaupt keine einzige Träne vergossen hatten? Sie klangen erleichtert. Und enttäuscht – er hatte sie und das Herzogtum im Stich gelassen.

Dann war da Felicity. Glücklich mit ihrer großen Familie, einschließlich ihres Ehemannes, der sie offensichtlich anbetete. Calder kniff die Augen zu, um das Bild aus seinen Gedanken zu vertreiben, aber er fürchtete, dass es sich für immer in sein Gedächtnis eingegraben hatte.

»Wir sollten uns anziehen«, schlug Felicity vor.

Er schlug die Augen auf und sah, wie sie sich erhob. Sie ging umher und sammelte ihrer beider Kleidung auf, die sie auf dem Sofa ablegte. Calder zog sich rasch an, was Felicity unmöglich tun konnte. Es juckte ihn, zu gehen, zu fliehen, aber er zwang sich, zu bleiben und ihr zu helfen.

Nachdem er ihr Kleid geschnürt hatte, sah er zur Tür. »Ich muss gehen.«

»Ja, ich muss nach Hause zu meiner Mutter zurückkehren.« Sie setzte sich auf das Sofa und zog ihre Stiefel an. »Wo musst du hin?«

Irgendwohin außer hier. Er ging auf die Tür zu.

»Calder, hast du mich gehört?«

An der Türschwelle hielt er inne. »Felicity, du musst mich vergessen. Du hast ein langes und glückliches Leben verdient.« Dasjenige, das er für sie vorhergesehen hatte. Das er ihr augenscheinlich nicht geben konnte.

Sie erhob sich und tiefe Furchen gruben sich in ihre Stirn, als sie sie runzelte. »Ich könnte dich niemals vergessen. Nicht einmal, wenn eintausend Jahre vergingen.«

Ihre Worte peinigten ihn. Er konnte nichts daran ändern, wer er war … wer er bestimmt war, zu sein. Dieser Traum war die Zukunft und ihre Wege hatten sich mit aller Deutlichkeit geteilt. Es war, wie es sein sollte.

Er sah sie mit seinem kältesten Blick an. »Ich bin nicht der Mann, für den du mich hältst.«

»Du bist der Mann, den ich liebe«, entgegnete sie einfach und ging auf ihn zu.

Ihre Erklärung zwang ihn beinahe in die Knie. Liebe war eine Emotion, die er, außer in Verbindung mit Verlust, weder kannte noch verstand. Er hatte seine Mutter geliebt. Er hatte Felicity geliebt. Er hatte versucht, seine Schwestern zu lieben, aber wegen seines Vaters hatte er nie das Gefühl gehabt, dass ihm das zustand.

»Das sollte ich nicht sein, Felicity, und es ist an der Zeit, dass du das verstehst.«

Sie eilte vor und umklammerte seine Hand. »Ich liebe den Mann, dessen bester Freund ein Hund ist, der einem kleinen Mädchen in Not hilft, und der eine kostspielige Architektenfirma beauftragen würde, um ein altes, zugiges Herrenhaus zu reparieren, damit es als Schule für verarmte Kinder dienen kann.«

Abgesehen von Isis war nichts davon wirklich er. Es war *ihr* Einfluss. Er entzog ihr seine Hand und zwang sich zu vorgetäuschter Missachtung. »Vor zehn Jahren habe ich das Einzige verloren, was wichtig für mich war, und dann hatte ich die nächsten Jahre damit verbracht, alles andere zu verlieren. Als ich nicht mehr tiefer sinken konnte, hat mein Vater mir einen Tritt versetzt – er hat mir seine Unterstützung vorenthalten und mir gesagt, mich auf eigene Faust aufzurappeln. Ich war zerbrochen und allein. Ich habe das einzig Wertvolle genommen, was mir noch geblieben war – die Juwelen meiner Mutter – und sie verkauft. Aus dem Erlös habe ich alles aufgebaut, was ich heute bin. Mein Vater war in Geldangelegenheiten nicht besonders geschickt. Wenn nicht wegen mir, gäbe es tatsächlich keine Rücklagen, um Hartwell House überhaupt zu unterstützen. Es wäre kaum genug, um Biancas Mitgift zu entrichten.« Er hatte solche Dinge noch nie zu jemandem gesagt und jetzt flatterten sie aus seinem Mund wie Vögel, die zum ersten Mal aus ihrem Käfig befreit wurden.

Sie sah ihn entgeistert an und ihr Mund stand offen, während sie große Augen machte. »Calder, diese Tage liegen jetzt hinter dir. Dein Vater ist nicht hier. Er ist unbedeutend.«

»Er wird immer bedeutend sein! Wir sind die Herzöge von Hartwell. An unser Vermächtnis von strenger Führung und unbeugsamer Pflichterfüllung gebunden.« Er hatte sich nie mehr belastet gefühlt. Die Bretter des Sargs schlossen sich um ihn.

Unfähig, das Licht ihrer Gegenwart noch einen einzigen Moment zu ertragen, drehte Calder sich um und verließ steifen Schrittes den Salon, wobei er nur innehielt, um seinen Übermantel von dem Treppengeländer zu nehmen.

Draußen blieb er stehen und fragte sich, wie Felicity hergekommen war und wie sie nach Hause zurückzukehren gedachte. Wenngleich der Nachmittag noch nicht bis zu seinem Höhepunkt fortgeschritten war, herrschte dennoch eine bittere Kälte, insbesondere mit dem Wind. Dann sah er den Stall mit seinen verräterischen Rauchschwaden, die aus dem Schornstein aufstiegen und ihre Kutsche davor. Der Kutscher und das Pferd mussten drin sein und das bedeutete, dass Calder sich keine Sorgen um sie machen musste.

Nicht, dass er das nicht tun würde.

Er würde sich um sie sorgen, sie begehren und sie für den Rest seiner Tage *lieben*. Bis er kalt war und in dieser unbarmherzigen Holzkiste in einem Erdloch lag.

～

Felicity eilte die Treppe hinab und beobachtete, wie Calder draußen zögerte. Hatte er seine Meinung geändert?

Sie rannte genau in dem Augenblick zur Tür, als er auf sein Pferd zuging. Er saß auf und sie rief seinen Namen aus. Entweder hatte er sie nicht gehört oder er tat so, als ob, denn er ritt in einem rasenden Tempo davon.

Bestürzt machte sie kehrt und ging ins Haus zurück. Sie schleppte sich wieder die Treppe hinauf, um das Feuer im Salon zu löschen, was sie schon vor Stunden vorgehabt hatte. Oh, große Güte, was musste der Kutscher denken? In dem Moment, als Calder sie in die Arme geschlossen hatte, war gewissermaßen … alles aus ihrem Blickfeld geraten.

Dann hatten sie geschlafen, ihre Körper ineinander verschlungen. Sie war nicht sicher, ob sie je solch eine Freude gekannt hatte, solch einen Frieden. Als sie durch seine Schreie wach geworden war, hatte sich der Schreck durch das Geräusch tief in ihr Herz gebohrt.

Sein Blick war wild gewesen und sein Herz hatte wie rasend geschlagen. Sie vermutete, dass er einen Albtraum gehabt haben musste – was sonst könnte sein Benehmen erklären, als sie ihn aus dem Schlaf geweckt hatte?

Und was hatte er geträumt, das ihn so furchtbar ängstigte. Das ihn nicht nur aus dem Haus, sondern auch von ihr vertrieb – offenbar für immer? Er hatte ihr gesagt, ihn zu vergessen. Und sie hatte geantwortet, das nicht zu tun. Sie *konnte* es nicht.

Sie würde ihn nicht loslassen.

Nachdem sie das Feuer versorgt hatte, ging sie hinaus, um ihren Umhang, den Hut und die Handschuhe zu nehmen. Sobald sie eingepackt war, ging sie zum Stall und informierte den Kutscher, dass sie zur Abfahrt bereit war.

»Ich werde nur ein paar Minuten brauchen, Madam«, entgegnete er.

»Wir fahren nicht nach Hause. Wir fahren nach Hartwood.«

Er nickte. »Sehr wohl, Mrs. Garland.«

Als sie auf Hartwood ankamen, beschlich Felicity eine böse Ahnung, dass er nicht da war. Sie klopfte an die Tür, während eine nervöse Energie in ihr wütete.

Der Butler, Truro, öffnete und sein Blick wurde warm, als er sie sah. »Was für eine Freude, Sie wiederzusehen. Fröhliche Weihnachten.«

»Auch Ihnen fröhliche Weihnachten. Ich bin gekommen, um Seine Gnaden zu besuchen.«

Zwischen Truros bernsteinfarbenen Augen bildete sich eine kleine Falte. »Ich fürchte, dass er nicht zuhause ist. Würden Sie gern Lady Darlington oder Lady Buckleigh sehen?«

»Ja bitte«, antwortete Felicity mit viel zu viel Eifer.

Truro führte sie in den Salon und dann nahm er ihren Umhang, den Hut und die Handschuhe. Sie trat an den Kamin, um sich zu wärmen, aber sie war so unruhig, dass sie anfing, vor der Feuerstelle hin- und herzulaufen.

»Felicity?« Bianca trat in den Salon und Poppy folgte ihr.

Felicity blieb stehen und sah die beiden an. »Es tut mir

leid, an Heiligabend hier einzudringen, aber ich mache mir über Calder Sorgen.«

»Das tun wir auch«, sagte Bianca stirnrunzelnd.

Das schürte Felicitys Beunruhigung nur noch mehr. »Was ist passiert?«

»Wir waren auf der Suche nach dem Weihnachtsscheit«, antwortete Poppy und ihr Gesicht verzog sich sorgenvoll. »Er hat uns etwas anvertraut« – sie sah ihre Schwester an – »Dinge.«

Felicity war schockiert, dass er sie begleitet hatte, aber sie war sogar noch überraschter, dass er ihnen etwas erzählt hatte. »Was für Dinge?« Sie konnte nicht anders, als sich zu fragen, ob sie mit seinem Albtraum zu tun hatten. Oder dem Zustand, in dem er beim Haus angekommen war. Er war desorientiert gewesen und hilflos, als ob er nach etwas – oder jemandem – suchte, an dem er sich festhalten konnte.

»Über unseren Vater«, entgegnete Poppy. Sie rückte näher zu Bianca und nahm ihre Hand. »Er war sehr hässlich zu Calder gewesen. Das haben wir nie gewusst.«

Felicity konnte verstehen, wie sie sich fühlten. Als sie erfahren hatte, dass ihr Vater Geld von Calders Vater genommen hatte, hatte sie sich gefragt, ob sie ihn je überhaupt gekannt hatte. »Er hatte meinen Vater bezahlt, damit wir alle Hartwell verlassen, sodass Calder und ich nicht heiraten würden. Er hatte Calder erzählt, ich hätte das Geld liebend gern genommen und sei froh gewesen, einer Heirat mit ihm zu entgehen. Dann hatte er mir einen gefälschten Brief von Calder zukommen lassen, in dem er mir mitgeteilt hat, dass wir nie zusammenpassen und ich nicht würdig wäre, seine Herzogin zu sein.«

Beide Schwestern rissen die Augen auf und ihre verschränkten Hände lösten sich voneinander. Poppy hob eine Hand an den Mund, während Bianca den Kiefer zusammenbiss.

»Deshalb sind Sie gegangen«, sagte Bianca mit genügend Geringschätzung, um einen Burggraben zu füllen. »Wenn nicht wegen unseres Vaters, wären Sie und Calder in den vergangenen zehn Jahren verheiratet gewesen.«

»Oh, Felicity, das ist einfach –« Poppys Stimme stockte. Sie blinzelte ein paarmal, ehe sie weitersprechen konnte. »Es tut mir so leid.«

»Danke, aber das ist Vergangenheit und wir können nicht ändern, was passiert ist. Wir können nur Calder helfen, der Mann zu sein, der er sein will … der Mann, der er tief im Inneren ist … der Mann, in den ich mich verliebt habe.« Sie sah die beiden eindringlich an. »Der Mann, den ich immer noch liebe.«

Bianca grinste. »Ich bin so froh, das zu hören. Und ich wusste es auch.« Sie warf Poppy einen triumphierenden Blick zu.

Poppy erweckte den Eindruck, als wollte sie Felicity umarmen, doch dann verblasste ihr Lächeln. »Warum machen Sie sich Sorgen um ihn?«

»Er war bei mir – nach Ihrer Weihnachtsscheitsuche, würde ich vermuten.«

»Er ist ziemlich abrupt gegangen«, stellte Bianca fest. »Er schien überwältigt.«

»Und zwar nicht auf eine gute Art.« Poppys Tonfall war düster. »Wie war er, als er mit Ihnen zusammen war?«

»Aufgebracht, aber dann … besser.« Sie versuchte, ein Wort zu finden, das seine Stimmung akkurat beschreiben würde, ohne zu viel preiszugeben. Seine Schwestern mussten keine Einzelheiten erfahren.

»Als er ging, war er wieder aufgebracht – sogar mehr als bei seiner Ankunft. Er hat mir gesagt, ich solle ihn vergessen.« Die Erinnerung daran, dass er das gesagt hatte,

tat weh, aber es war sogar noch schmerzhafter, diese
Worte vor seinen Schwestern laut auszusprechen.

»Das wird ganz offensichtlich nicht geschehen«,
bemerkte Bianca knapp. »Wo, glauben Sie, ist er
hingegangen?«

Felicity schüttelte den Kopf. »Ich weiß es beim besten
Willen nicht.« Sie hätte an genau das Haus gedacht, wo sie
gewesen waren, da sie ihn neulich dort angetroffen hatte.
Darüber hinaus hatte sie keine Ahnung, wo er hingegangen
sein könnte. Sie dachte an die Wiese, wo sie ihr Picknick
abgehalten hatten – ja, dort würde sie suchen.

»Was ist mit Papas Liebeslaube?«, fragte Poppy mit
Blick auf Bianca. Dann fuhr sie zusammen. »Ich kann
nicht anders, als mich jedes Mal betrogen zu fühlen, wenn
ich jetzt an ihn denke«, stellte sie leicht verstimmt fest.

Bianca nickte und ihr Mund war angespannt. »Wenn
ich die ganze Zeit erwäge, die ich ihn gepflegt habe, als er
krank war, all die Dinge, die er in Enttäuschung über
Calder gesagt hat, war nicht ein Wort davon des Lobes
oder der Liebe. Ich habe nie gestutzt und mich gefragt,
warum. Ich hatte einfach akzeptiert, das Calder kalt und
gefühllos war. Es war mir nicht in den Sinn gekommen, zu
fragen, *warum* er so war.« Bianca Stimme brach. Sie
drückte einen Finger an ihren Augenwinkel. Trotzdem
löste sich eine Träne und sie wischte sie fort.

»Das hat keiner von uns, zumindest nicht im ausrei-
chenden Maße, um ihm wirklich zu helfen.« Poppys
Stimme war voller Bedauern. »Wir sind genauso schuldig
wie unser Vater.«

»Wie auch Calder«, bemerkte Felicity. »Er hat sich
entschieden so zu sein, weil es leicht ist und vertraut.
Sogar jetzt versucht er, dem Mann zu gefallen, den er nie
hatte zufriedenstellen können. Er behauptet, er würde
diese Dinge tun, um seinen Vater wütend zu machen – und

ich bin sicher, dass er das auf einer gewissen Ebene tut. Allerdings wartete er noch immer auf die Zustimmung, die niemals kommen wird.«

»Das ergibt alles so viel Sinn.« Poppy schlang die Arme um sich. »Was können wir tun?«

Felicity sah von einer Schwester zur anderen. »Wir müssen ihn finden.«

»Sie glauben nicht, dass er von allein zurückkommt?«, fragte Bianca.

»Ich weiß es nicht. Er war außerordentlich aufgebracht.« Felicity schielte zum Fenster und betrachtete das Schneegestöber, das immer wieder aufwirbelte. »Leider muss ich nach Hause, um nach meiner Mutter zu sehen.« Agatha war gerade bei ihr, aber es war Heiligabend und sie musste nach Hause zu ihrer Familie.

»Sie sollten sie holen und wiederkommen«, schlug Poppy vor. »Gabriel wird Sie begleiten und Ihnen bei allem helfen.«

»Sind Sie sicher, dass es keine Unannehmlichkeiten macht, wenn wir herkommen?« Felicity war nicht sicher, wie sie all das ihrer Mutter beschreiben sollte. Sie hatte mit ihr überhaupt nicht über Calder gesprochen. Ein Teil von Felicity fühlte sich immer noch davon verletzt, welche Rolle ihre Mutter dabei gespielt hatte, die Wahrheit vor Felicity zu verbergen, für das letzte Jahrzehnt.

Bianca winkte ab. »Natürlich ist es keine Unannehmlichkeit. Sie gehören hierher, insbesondere an Weihnachten. Sie gehören zur Familie.« Sie lächelte. »Oder das werden Sie, sobald Calder und Sie verheiratet sind.«

Felicity war nicht sicher, ob es dazu kommen würde, nicht nachdem, was er gesagt hatte. Aber nach allem anderen, was seit ihrer Rückkehr passiert war, hatte sie sich noch nie etwas sehnlicher gewünscht. »Ich werde zurück sein, sobald ich kann.«

»Wir werden sofort mit der Suche beginnen.« Bianca trat auf sie zu und ergriff ihre Hand. »Wir werden ihn finden.«

Poppy kam heran und ergriff Felicitys andere Hand. »Wir werden nicht zulassen, ihn wieder zu verlieren, nicht wo wir ihn endlich gefunden haben. Er braucht uns und wir werden ihn nicht im Stich lassen.«

Ja, er brauchte sie und Felicity würde Himmel und Hölle in Bewegung setzen, um ihn zu erreichen.

KAPITEL 10

*F*elicity kehrte in bemerkenswert kurzer Zeit mit ihrer Mutter nach Hartwood zurück. Die Dienstboten hatten bereits begonnen, sich auf dem Anwesen nach Calder umzuschauen, und Ash und Bianca waren zu der Liebeslaube aufgebrochen, die der vorherige Herzog erbaut hatte.

Nachdem Felicity ihre Mutter bei Poppy untergebracht hatte, die angesichts ihres Zustands und der Tatsache, dass es nun richtig schneite, auf Gabriels Bestehen hin zuhause blieb, bereitete sie sich nun vor, mit Gabriel auszureiten. Isis wimmerte auf ihrem Platz vor dem Kamin im Salon.

»Warum ist sie nicht draußen auf der Suche?«, fragte Felicity und dachte, wenn ihn jemand finden würde, wäre es sein geliebter Hund.

»Ich bin nicht sicher, aber sie kann mit uns kommen.«

»Sie braucht ihren Übermantel.« Felicity machte sich auf die Suche nach Truro, der ihr half, Isis für ihre Suchexpedition vorzubereiten.

Als sie auf die Ställe zugingen, tat Felicity ihre einzige Idee in Bezug auf seinen Aufenthalt kund. »Ich möchte auf einer Wiese nachsehen. Sie liegt nordöstlich von hier.« Der Ritt war wahrscheinlich eineinhalb Meilen und führte gerade hinter die Grenze der Ländereien des Anwesens.

»Führen Sie den Weg an«, sagte Gabriel.

Sie ritten rasch und Isis hielt problemlos Schritt, während der Schneefall zum Glück aufhörte, als sie die Wiese fast erreicht hatten. Das Gras war weiß und auf eine eisige Art wunderschön – und so anders als an dem Tag, den sie hier mit Calder verbracht hatte.

Gabriel parierte sein Pferd neben Felicity durch und blickte sich um. »Ich sehe niemanden.«

»Schauen Sie.« Felicity zeigte auf Isis, die mit ihnen innegehalten hatte, und nun auf eine Baumgruppe zutrabte. Aus dem Trab wurde ein Lauf, als sie ihrem Ziel näher kam.

Felicity trieb ihr Pferd an, um dem Hund zu folgen und sie hörte Gabriel, der hinter ihr herkam. Calders Pferd stand grasend in der Nähe, auf einem Flecken Wiese unter den Bäumen, der nicht mit Schnee bedeckt war. Felicity suchte nach Isis und sah den Schwanz des Windhundes hinter einem Baum hervorlugen. Sie rutschte von ihrem Pferd und rannte zu dem Hund. Calder saß dort an einen Baum gelehnt. Er hatte die Augen geschlossen und seine Lippen waren beängstigend grau.

»Calder, wach auf!« Felicity kniete sich neben ihn und zog ihren Handschuh aus, um sein Gesicht zu berühren. Seine Wange war wie Eis. »Calder!«

Isis stieß ihn mit der Schnauze an und kletterte dann auf seinen Schoß. Sie legte den Kopf an seine Brust.

»Sie versucht, ihn zu wärmen«, stellte Gabriel fest. »Wir müssen ihn nach Hause schaffen.«

Felicity drehte den Kopf, um zu dem Marquess aufzusehen. »Wie sollen wir das bewerkstelligen?«

»Wir werden ihn auf mein Pferd hieven. Ich kann mit ihm zurückreiten.«

Isis´ Kopf streichelnd flüsterte Felicity: »Wir werden uns um ihn kümmern.« Sie stand auf und sah Gabriel an. »Beeilen wir uns.«

Er nickte und dann ging er los, um die Pferde zu holen. »Können Sie sein Pferd führen?«, fragte er Felicity.

»Ja.« Sie versuchte, sich nicht von ihrer Angst lähmen zu lassen. Noch nie hatte Calder sie mehr gebraucht.

Es kostete sie große Anstrengung, aber sie hoben ihn auf Gabriels Pferd und Gabriel stieg hinter ihm auf. Es war schwierig, weshalb der Ritt zurück weitaus langsamer vonstattenging, als es Felicity lieb gewesen wäre.

Als sie beim Haus eintrafen, eilte Truro nach draußen, um Gabriel dabei zu helfen, Calder hineinzutragen. Ein Knecht kam herbei, der sich um die Pferde kümmerte, und Felicity folgte den Männern mit Isis ins Haus.

Poppy stand in der Eingangshalle. »Wo habt ihr ihn gefunden?«

»An einer Wiese, wo wir einmal ein Picknick hatten«, antwortete Felicity. »Ich fürchte, dass er beinahe erfroren ist.«

»Sollten wir nach Dr. Fisk schicken?«, fragte Poppy.

»Ich verabscheue es, ihn an Heiligabend zu belästigen, und ich bin sicher, dass wir damit fertig werden können.« Felicity klang ruhiger, als sie sich fühlte. Wenn Calder krank würde, war sie nicht sicher, was sie tun würde. Nein, sie war nicht sicher, was sie tun würde, wenn sie ihn verlöre.

Sie eilte die Treppe hinauf und fand den Weg zu Calders Schlafzimmer, wo Truro und Gabriel ihn auf das Bett gelegt hatten. Calders Kammerdiener machte sich daran ihn auszuziehen, unter wachsamen Augen von Isis, die neben ihrem Herren saß. Ihr Blick drückte all die Liebe und Besorgnis aus, die auch Felicity empfand.

Sie deckten ihn auf dem Bett zu und zwei Dienstmädchen brachten Wärmpfannen. Als Felicity kurze Zeit später seinen Kopf befühlte, fand sie ihre schlimmsten Befürchtungen bestätigt. Er war nicht mehr kalt, sondern glühte vor Fieber.

Sie tauschte einen Blick mit Isis aus. »Wir werden ihn nicht verlieren. Ich verspreche es.«

Isis senkte den Kopf und legte ihn auf Calders Arm. Wenn Calder sterben würde, dann jedenfalls nicht, weil ihn niemand geliebt hatte.

Sie strich ihm das Haar aus der Stirn. »Du hast so viel, wofür du kämpfen musst«, flüsterte sie. »Bleib bei uns. *Bitte.*«

Dann betete sie für ein Weihnachtswunder.

~

*I*hm war so kalt. Seine Finger und Zehen waren wie Eis. Er schlang die Arme um sich, aber da war einfach keine Wärme. Würde er so seinem Ende begegnen? Aufgrund seiner Zukunftsvision hatte er erwartet, weitaus älter zu sein.

Aber vielleicht war er das. Vielleicht hatte er Jahre in Trance verbracht und sein Leben war nichts als eine dunkle Leere, an die er sich nicht erinnern konnte. Und vielleicht war das zum Besten.

Calder schlug die Augen auf und schnappte nach Luft, wobei sein Körper zuckte. Er blinzelte und versuchte, seine Umgebung scharf zu sehen.

Da war Licht und Weichheit und … Wärme. Da war auch eine Bewegung an seiner Seite. Das schien die

Wärmequelle zu sein. Er streckte die Hand aus und fühlte das vertraute und tröstliche, seidige Hundefell.

»Calder?«

Er kannte diese Stimme. Er blinzelte mehrere Male, bis sein Blick klar wurde. Felicity stand neben seinem Bett und ihr Gesicht zeigte ein derart erleichtertes Lächeln, wie er es noch nie zuvor gesehen hatte.

»Was tust du hier?« Seine Stimme klang kratzig und seine Kehle fühlte sich tatsächlich an, als ob sie lange nicht benutzt worden wäre. Außerdem tat ihm sein gesamter Körper weh. Was war ihm zugestoßen?

Isis stupste an die Hand, die er ihr auf den Kopf gelegt hatte. Calder sah zu ihr hinüber, und streichelte sie ein paar Mal, wobei er murmelte: »Gutes Mädchen.«

Felicity legte die Hand an seine Stirn und atmete erleichtert auf, ehe sie noch breiter lächelte. »Dein Fieber ist gesunken.«

Er hatte Fieber gehabt? »Mir war kalt gewesen.«

»Das glaube ich wohl. Isis hat dich bei der Wiese gefunden, wo du bewusstlos an einem Baum gelehnt gesessen hast.« Felicity sah bewundernd zu dem Hund. »Du wärst beinahe erfroren. Offensichtlich hast du dir eine Erkältung zugezogen und seitdem hast du Fieber gehabt.«

Er sah die lila Ringe unter ihren Augen, den zerknitterten Zustand ihres Kleides und die vereinzelten Haarsträhnen, die sich aus ihrem Dutt gelöst hatten. Es war offensichtlich, dass sie ihn gepflegt hatte. »Warum bist du hier und pflegst mich?«

»Wer sonst sollte das tun? Und antworte nicht, dein Kammerdiener, ein Dienstmädchen oder Truro. Natürlich bin ich diejenige, die dich pflegt.«

Natürlich. Allerdings war das gar nicht so selbstverständlich für ihn. Nach der Art und Weise, wie er sich benommen hatte, hätte sie weit wegrennen sollen – das hatte er ihr gesagt.

Felicity goss Wasser in ein Glas. »Trink das für deinen wunden Hals.«

Er kämpfte, um sich aufzusetzen und der Raum neigte sich seitwärts. Kurz schloss er die Augen, während sie ihm half, sich gegen das Kopfende des Bettes zu stützen.

»Bereit?«, fragte sie und reichte ihm das Glas. Er nickte und nippte vorsichtig, worauf ein längerer Zug folgte.

»Du hast uns einen ziemlichen Schreck eingejagt.« Sie schob ihm das Haar aus der Stirn. »Ich war mit Gabriel zusammen. Alle hatten sich verteilt, um dich auf dem Anwesen zu suchen. Ich dachte, du könntest vielleicht auf unserer Wiese sein.«

»Isis war offensichtlich bei dir.« Er gab Felicity das Glas zurück und sie stellte es auf den Nachttisch neben den Krug. »Sie ist der beste Freund, den ich je hatte.« Wieder streichelte er dem Hund über den Kopf und sah sie mit Liebe an. Ja, Liebe. Er wusste also doch, wie sich diese Emotion anfühlte. Dann lenkte er den Blick zu Felicity zurück. »Neben dir.«

»Wie kann ich wohl deine beste Freundin sein?«, fragte sie und schien verwirrt.

»Niemand hat sich je beharrlicher der Aufgabe gewidmet, mein Herz zu wärmen. Ich behaupte, dass dich das mehr als qualifiziert.«

Felicity lachte leise. »Das tut es in der Tat.« Sie setzte sich auf die Bettkante neben ihm und ihr Oberschenkel lag neben seinem. »Warum bist du vor mir davongelaufen?«

»Ich war überwältigt … von Emotion.« Er wollte nicht zu viel preisgeben.

»Das habe ich von deinen Schwestern erfahren. Sie haben mir von der Geschichte über die Weihnachtsscheitsuche erzählt, die du ihnen anvertraut hast. Über deinen

Vater.« Sie legte die Hand auf seinen Arm, der noch immer unter der Decke verborgen war. »Ich bin vor einiger Zeit zu dem Schluss gekommen, dass dein Vater besonders grausam zu dir war. Man musste sich nur ansehen, was er uns angetan hatte, um zu erkennen, dass er nicht nett zu dir war.«

»Aber er war es zu meinen Schwestern. Sie liebten ihn. Sie vermissen ihn.«

»Ich bin nicht sicher, ob das noch der Fall ist. Sie fühlen sich schrecklich, dass du so viel erlitten hast, ohne dass sie überhaupt etwas davon bemerkt hatten.«

»Ich bin sechs Jahre älter als Poppy und acht Jahre älter als Bianca. Warum hätten sie irgendetwas bemerken sollen?« Die beiden in Schutz zu nehmen, war auf einmal selbstverständlich. Er hatte sie wegen ihrer Verbindung zu der Person, die die Wurzel seiner Misere war, fast als Feinde betrachtet, doch nun, da sie wussten, wie ihr Vater ihn behandelt hatte? »Ich wünschte, ich hätte es ihnen nicht erzählt. Sie haben verdient, ihn mit Zuneigung in Erinnerung zu behalten.« So, wie er ihrer Mutter gedachte, an die sich beide gar nicht erinnerten.

»Sie sind froh, dass sie die Wahrheit wissen. Sie wollen dir helfen, wo immer sie können. *Wenn* sie es können. Sie wollen eine Familie sein.« Sie sah ihn ernst an. »Bevor du weggerannt bist, hattest du scheinbar einen Albtraum. Ich hatte schreckliche Angst um dich und als ich dich nicht finden konnte … du bist ein sehr selbstsüchtiger Mann, Calder«, bemerkte sie verärgert.

Er zog die Hand unter der Bettdecke hervor und legte sie auf ihre. »Das bin ich. Aber ich möchte es nicht sein. In letzter Zeit habe ich eine Vergangenheit wiedergefunden, die ich verzweifelt zurückfordern möchte, eine Gegenwart, die ich verabscheue und eine Zukunft, die mich bis in die Tiefen meiner Seele ängstigt.«

»Albträume?«, fragte sie und auf ihrem wunderschönes Gesicht zeichneten sich Sorgenfalten ab.

»Manchmal. Die Vergangenheit und die Gegenwart waren real. Ich habe uns zusammen gesehen, bei der Planung unserer Hochzeit. Dann hat mein Vater gesagt, dass das nie passieren würde.« Es gab so viel, was er ihr erzählen musste. Aber er hatte solche Angst vor ihrer Reaktion. »Wenn du verstehst, wie ich gelebt habe, zu welcher Art von Mann ich geworden bin, als ich dachte, dass du mich zurückgewiesen hattest … Du wirst mich verlassen wollen.«

Sie legte die Hand auf seine und schloss die Finger darum. »Niemals.«

»Die Zukunft, die ich gesehen habe – du warst dort. Du warst mit einem anderen verheiratet. Du hattest Kinder und Enkelkinder. Du warst so glücklich.«

»Hat mein Ehemann ausgesehen wie du?«

Er konnte sich offen gestanden nicht an das Gesicht des Mannes erinnern. »Ich weiß es nicht. Aber ich war tot. Meine Schwestern und ihre Ehemänner – und niemand sonst, außer einem Vikar, den ich nicht kannte – kamen zu meiner Bestattung. Ich bin einsam gestorben.«

»Dann ist das nicht die Zukunft«, entgegnete sie fest. »Weil ich die Absicht habe, nur dich zu heiraten, und wenn wir besonders gesegnet sind, werden wir Kinder und Enkelkinder haben.« Sie lehnte sich zu ihm. »Und ich plane, sehr, sehr glücklich zu sein.« Ihre Augen leuchteten und beinahe glaubte er es.

»Als mein Vater sagte, dass du mich verlassen hättest, bin ich nach London gegangen, wo ich mich schlimm aufgeführt habe. Ich verspielte alles – mein Geld, meine Freundschaften, meinen Ruf. Ohne dich hatte nichts davon irgendwelche Bedeutung für mich. Als ich erfahren habe, dass du geheiratet hast, war es nur noch schlimmer geworden.« Seine Stimme brach und sie drückte ihm mitfühlend die Hand. Isis schmiegte sich enger an seine Seite. »Dann hat mir mein Vater seine Unterstützung entzogen. Eines Tages wachte ich in einer schmutzigen Gasse hinter einer Spielhöhle auf. Ich war nicht imstande gewesen, meine Spielschulden zu bezahlen. Mehrere Männer hatten mich verprügelt. So wollte ich nicht sein. Von dem Moment an begann ich, mich wieder aufzubauen – das Vermögen, jedenfalls. Und mein Ruf besserte sich irgendwie.« Seine Lippen formten sich zu einem traurigen Lächeln. »Ich war nicht länger als Verschwender bekannt, sondern als arroganter Miesepeter ohne Interesse an Vergnügen.«

»Das hast du wirklich perfektioniert«, stellte sie mit einer ordentlichen Prise Ironie fest.

»Ja.« Wundersamerweise schmunzelte er, doch das war nur von kurzer Dauer. »Ich bin grauenvoll zu dir gewesen. Und zu meinen Schwestern. Und zu den Menschen von Hartwood und Hartwell.«

»Du hast dich schon einmal wieder aufgerappelt. Ich bin zuversichtlich, dass du es noch einmal schaffst. Aber dieses Mal solltest du der freudige Herzog sein.« Sie verfiel für einen Augenblick in Schweigen und er spürte, dass ein Kampf hinter ihren Augen stattfand. »Wenn du das willst.«

»Ja, ich will das. Ich bin nur nicht sicher, ob ich das *sein* kann.«

»Ich habe dir gerade gesagt, dass du es kannst. Zweifelst du an mir?«

»Nein.« Er unterdrückte ein Lächeln. Sie leitete ihn. Das gefiel ihm irgendwie.

»Versprichst du mir, nicht wieder davonzulaufen?«

Er sah ihr in die Augen. »Ich verspreche es.«

»Gut, weil wir das zusammen durchstehen werden. Wir haben so viel Zeit verloren.«

Isis streckte sich neben ihm. Er drehte den Kopf und

sah, wie sie ihn in vollkommener Hingabe ansah. »Ich liebe dich auch«, murmelte er seinem Hund zu. Dann sah er zu Felicity zurück. »Aber dich liebe ich noch mehr.« Er verzog das Gesicht und sah zu Isis zurück. »Tut mir leid.«

Isis legte ihren Kopf in seine Hand. Offensichtlich war es ihr egal.

Felicity legte die Hände um sein Gesicht und sah ihn ohne zu blinzeln an. »Hast du gerade gesagt, dass du mich liebst?«

Er machte den Mund auf, um seine Worte zu wiederholen, aber sie küsste ihn. Dann zog sie sich zurück und lachte. »Ich dachte, es würde vielleicht Monate oder Jahre dauern, bis du das sagst. Ich liebe dich so sehr, Calder.«

»Ich habe keine Ahnung, warum.«

Sie sah ihn mit hochgezogener Augenbraue an. »Es sagt sehr viel aus, wenn ein Hund jemanden so liebt, wie Isis dich.« Sie streckte die Hand aus und tätschelte Isis den Kopf. »Und Isis ist ein sehr kluger Hund.«

»Das ist sie.« Plötzlich runzelte er die Stirn. »Ich fürchte, dass ich überhaupt keine Ahnung habe, was für ein Tag heute ist. Habe ich Weihnachten gänzlich versäumt?«

Sie nickte. »Ich bedaure es, aber ja. Es ist der zweite Weihnachtstag.«

»Tatsächlich?« Er richtete sich am Kopfende des Bettes auf und straffte das Rückgrat. »Ich möchte zum Fest gehen. Warum bist du nicht dort?«

Lachend legte sie den Kopf schief. »Weil ich dich gepflegt habe, du Dummer. Ich denke nicht, dass du das Bett heute verlassen solltest.«

»Es tut mir leid, Liebste, aber das Leben ist zu kurz, dass ich dieses Fest verpassen kann. Der Herzog von Hartwell versäumt es nie. Ich bedaure, aber ich werde hingehen, ob es dir nun passt oder nicht.«

Sie erhob sich vom Bett und hatte die Lippen zu einem

tief missbilligenden Ausdruck geschürzt. »Gut, aber nur für eine kurze Weile, einverstanden?«

Er schwang die Beine aus dem Bett und hielt sich am Bettpfosten fest, als er aufstand. »Ich werde zustimmen, wenn du einwilligst, mich zu heiraten.«

»Wenn das ein Heiratsantrag sein sollte, war es kein besonders guter. Aber das macht nichts. Deine Schwestern und ich haben die Hochzeit bereits geplant. Sie wird am Tag nach den heiligen drei Königen in der St. Cuthberts Kirche stattfinden.«

Ja, sie hatte ihn unzweifelhaft in der Hand und er fühlte sich absolut wohl dabei. »Ausgezeichnet. Ich stimme zu. Ich wäre entzückt, dein Ehemann zu sein.«

Gelächter, laut und freudig, perlte über ihre Lippen. Er stimmte ein und dann nahm er sie in die Arme. Wieder küsste sie ihn, viel zu kurz. Er umarmte sie fester. »Vielleicht sollen wir uns noch ein paar Minuten Zeit nehmen?«

Sie trat zurück und schüttelte verneinend den Zeigefinger. »Du kannst dich glücklich schätzen, dass ich dich hinausgehen lasse.«

Das tat er wirklich. »Ich bin auf jede Weise glücklich, die ein Mann sein kann«, sagte er leise und ließ sie los. »Ich stehe dir – freudig – zu Diensten.«

»Sehen wir zu, dass wir dich ankleiden.« Sie bedachte ihn mit einem strahlenden Lächeln und dann ging sie mit ihm in sein Ankleidezimmer.

»Ich könnte mich daran gewöhnen, dich als Kammerdiener zu haben«, stellte er fest. Passierte das wirklich? War sie wirklich mit ihm hier? Er drückte ihre Hand und hörte erst auf, als sie über die Schwelle zum Ankleidezimmer traten. »Sag mir, dass das kein Traum ist.«

Sie drückte seine Finger. »Das *ist* es, mein Liebster. Es ist ein Traum, der wahr geworden ist.«

~

*D*as Wetter hatte sich am Weihnachtstag Gott sei Dank aufgewärmt und die Festivität, die auf dem Gelände von Hartwood stattfand, war ein schieres Wunder. Große Zelte beherbergten Tische, die mit Speisen und Fässern voller Wein und Ale beladen waren und Sitzgelegenheiten für die Gäste boten, insbesondere die Alten und Gebrechlichen, damit sie sich niederlassen und unterhalten konnten. Und Lachen. Gelächter war mit Abstand die vorherrschende Melodie des Tages.

Die Zelte waren mit Tannengrün und auch Mistelzweigen dekoriert. Eines der Zelte war einzig den Spielen wie Feuerdrache gewidmet. Kinderscharen quollen aus diesem Zelt und stieben hin und her und animierten sich zu anderen Spielen, wie Der gestiefelte Kater und Jagt den Fuchs.

»Ich möchte mich mit Mrs. Armstrong unterhalten«, sagte Calder. Diese stand lachend zwischen Poppy und Gabriel in der Nähe eines der Spiele, das gerade stattfand.

»Sicher.« Felicity hatte darauf bestanden, dass er sich die gesamte Zeit, die sie draußen waren, an ihrem Arm festhielt. Er war geschwächt, nachdem er die vergangenen eineinhalb Tage im Bett verbracht hatte. Waren es nur eineinhalb Tage gewesen? Es hatte sich wie die längste Zeitspanne ihres Lebens angefühlt. Sie hatte solche Ängste ausgestanden, ihn zu verlieren. Nach all der Zeit, die sie voneinander getrennt verbracht hatten, und allem, was er durchgemacht hatte, wäre es einfach ungerecht gewesen.

Poppys Augen leuchteten auf, als sie Calder und Felicity auf sich zukommen sah. Als sie ankamen, sah Calder zu Felicity und machte Anstalten, seinen Arm von ihr zu lösen. Felicity verstand, was er vorhatte, und nickte zustimmend.

Calder drehte sich zu Poppy und umarmte sie leidenschaftlich. »Es tut mir so leid«, sagte er leise, aber Felicity konnte ihn hören.

»Ich bin so froh, dass es dir gut geht.« Poppy zog sich in seiner Umarmung zurück und lächelte zu ihm auf. »Du solltest nicht hier draußen sein.«

»Ich bin der Herzog. Ich sollte ganz bestimmt hier draußen sein.« Er küsste sie auf die Wange und dann drehte er sich zu Gabriel und bot ihm die Hand. »Darlington.«

»Es ist vielleicht an der Zeit, dass du mich Gabriel nennst. Wenn du willst.«

»Das würde ich, aber nur, wenn aufhörst, mich Chill zu nennen. Ich habe diesen Namen nie gemocht.«

»In Ordnung«, gab Gabriel zurück.

»Ich bin so froh, dass Ihr Euch besser fühlt, Euer Gnaden«, begrüßte Mrs. Armstrong ihn mit einem Knicks. »Mir wurde gesagt, Ihr seid krank.«

»Ich würde das Fest am zweiten Weihnachtstag nicht verpassen wollen.« Er lenkte ein. »Ich habe das vermutlich versucht, aber jetzt bin ich zur Vernunft gekommen.« Er lächelte Felicity zu und nahm erneut ihren Arm. »Dank Mrs. Garland, die bald Ihre Gnaden, die Herzogin von Hartwell sein wird.«

Mrs. Armstrong klatschte in die Hände. »Wie wundervoll!«

»Ich wollte Ihnen nur sagen, dass ich mehrere Hunde – und noch mehr Katzen – nach Hartwell House bringen werde. Die Kinder brauchen Haustiere.«

Zwischen Mrs. Armstrongs Augenbrauen bildete sich eine kleine Falte. »Ich habe eine Katze und es gibt Ziegen.«

»Ziegen eignen sich nicht besonders als Haustiere«, bemerkte er schief lächelnd. »Sie brauchen Hunde. Und mehr Katzen.«

»Was für eine wundervolle Idee!«, rief Poppy aus.

»Was ist los?« Bianca und Ash gesellten sich zu ihnen. Sie sah Calder an. »Du siehst besser aus, Bruder, aber solltest du wirklich hier draußen sein?«

»Felicity hat mich gut im Griff«, antwortete er und hob flehend seine freie Hand. »Wenngleich es ganz so klingt, als ob du und Poppy ihr helfen würdet. Ich habe erfahren, dass ihr unsere Hochzeit bereits geplant habt.«

»Es musste erledigt werden«, antwortete Bianca mit einem Schulterzucken, ehe sie breit grinste. »Das bedeutet, dass du ja gesagt hast?«

»*Sie* hat ja gesagt.« Calder lachte, als er von Bianca zu Poppy und Felicity sah. »Ich fürchte, dass mein Leben nie wieder das gleiche sein wird.« Sein Blick wankte nicht unter ihrem, als er leise hinzufügte: »Und dafür bin ich unendlich dankbar.«

»Was ist diese Idee, die ich verpasst habe?«, fragte Bianca.

Ehe noch jemand antworten konnte, rannte Alice, das Mädchen von Hartwell House auf ihn zu und schlang die Arme um seine Taille. »Sie haben gesagt, dass Ihr krank seid.«

»Das war ich«, antwortete er und löste seinen Arm von Felicity, um Alice zu umarmen. »Aber ich würde das Fest nicht verpassen. Amüsierst du dich?« Er ging in die Hocke, um mit ihr zu sprechen.

Sie nickte und ihre Lippen teilten sich zu einem breiten Grinsen. »Ich habe Freddie schon zweimal beim Feuerdrachen besiegt.« Sie hielt ihre Finger in die Höhe, die vom Herausfischen der Rosinen aus einer Schale mit loderndem Brandy feuerrot waren.

»Fantastisch. Du wirst erfreut sein, von Mrs. Armstrongs Einwilligung zu erfahren, dass ich nächste Woche einige Hunde und Katzen nach Hartwell House bringe.« Er lächelte sie an. »Du darfst dir als Erste einen Welpen aussuchen.«

Alice riss die Augen auf und warf sich ihm mit solcher Wucht in die Arme, dass er aus dem Gleichgewicht geriet und rückwärts auf den Boden fiel. Entsetzt sprang Alice auf und ihr stand der Mund offen. »Es tut mir so leid, Euer Gnaden!«

Calder hob den Kopf. »Mir geht es gut.«

Felicity eilte herbei, um ihm zu helfen, aber Ash und Gabriel übernahmen es, ihn wieder auf die Füße zu stellen.

»Fühlst du dich gut?«, fragte Ash.

Voller Dankbarkeit hielt Calder seine Hand umklammert. »Das tue ich, danke.«

»Ich denke, du solltest wieder hineingehen«, schlug Felicity vor, die besorgt wegen seines Sturzes war, wenngleich er durch das Mädchen passiert war, das ihn angesprungen hatte. »Du kannst dich in den Salon setzen und die Festlichkeiten vom Fenster aus verfolgen.«

»Zuerst muss ich meine Rede halten. Der Herzog hält immer eine Rede.«

Felicity wollte einwenden, dass seine Schwestern das übernehmen konnten, aber Bianca sprach zuerst. »Er hat recht. Ich werde alle um Aufmerksamkeit bitten.«

Calder sah Felicity mit einem Blick an, der zu sagen schien, dass es nicht an ihm lag, worauf Felicity die Augen verdrehte. Sie begleitete ihn zu dem kleinen Podium, wo Bianca in ein Horn blies.

Es dauerte eine Minute, aber dann erstarb die Unterhaltung und alle hielten in ihren Aktivitäten inne oder reihten sich vor den Zelten auf, um den Blick aufs Podium zu richten.

Calder wischte sich mit der Hand unter seinem Auge entlang, doch Felicity konnte nicht erkennen, ob es wegen einer Träne geschehen war. Sie hielt seine Hand fest und drückte sie, womit sie ihm all die Kraft und Liebe übermittelte, die sie innehatte.

»Einen schönen zweiten Weihnachtstag!«, rief er laut aus und überraschte Felicity mit seinem Stimmvolumen, das er trotz seiner Krankheit aufbrachte.

»Willkommen auf Hartwood. Es ist mir ein Vergnügen – uns ein Vergnügen« - er zeigte auf seine restliche Familie auf dem Podium - »Sie heute hier zu haben. Ich würde gern den Anfang damit machen, Ihnen anzukündigen, dass wir bald eine weitere Festlichkeit haben werden, da ich die bezaubernde Frau an meiner Seite heiraten werde. Darf ich Ihnen die zukünftige Herzogin von Hartwell vorstellen.« Er verbeugte sich zu Felicity und dann errötete sie unter dem Applaus und den Begeisterungsrufen.

Als die Glückwunschbezeugungen nachließen, fuhr Calder fort. »Ich möchte meinen Schwestern, Lady Darlington und Lady Buckleigh für ihre harte Arbeit und Aufopferung danken, damit dieses Fest stattfinden konnte und auch für alles, was sie für die Bewohner von Hartwell House und unsere Gemeinde ausrichten.«

Dies wurde mit noch größerer Begeisterung aufgenommen. Poppy und Bianca knicksten auf dem Podium.

Nach einer Weile konnte Calder fortfahren. »Ich möchte auch Lord Darlington und Lord Buckleigh für ihre Hilfe heute und an allen Tagen danken. Ich sollte auch Lord Thornaby für seine Unterstützung und Bereitschaft danken, das Fest auszurichten, als ich … ein Idiot war.«

Durch die versammelte Menge zog sich ein Keuchen und Nicken.

»Ich habe keine Ausrede für mein Betragen, seit ich Herzog geworden bin, aber ich werde Ihnen hier und heute versprechen, dass die Menschen von Hartwood und Hartwell mein wichtigstes Anliegen sind. Ich freue mich darauf, Hartwell House instand zu setzen und beim

Wiederaufbau von Shield´s End behilflich zu sein. Und ich möchte jeden von Ihnen wissen lassen, dass ich Sie unterstützen und für Ihr Wohlergehen sorgen will.«

Die Begeisterungsrufe und der Applaus brandeten erneut auf und hielten an, bis Calder die Hand hob. »Verzeihen Sie mir, aber ich muss mich ausruhen, ehe ich zusammenbreche – es stimmt, ich bin krank. Wenn ich nicht hineingehe, fürchte ich, dass meine Verlobte mich zerren wird.« Er warf ihr einen liebevollen Blick zu. Sie schüttelte den Kopf über eine Runde Lachsalven.

»Bevor ich gehe«, sagte er, »möchte ich ankündigen, dass wir zwei neue Feiertage in den Kalender eintragen. Wir werden am ersten Mai ein Fest veranstalten und dann ein Erntefest. Und nun genießen Sie Ihren Tag!«

Der Applaus und die Begeisterungsrufe schwollen zu einem Crescendo an und Calder verbrachte die nächste halbe Stunde damit, Hände zu schütteln, und sogar einige Umarmungen auszutauschen. Als Felicity ihn endlich ins Haus bugsiert hatte, konnte sie sehen, dass er sehr erschöpft war.

»Denk nicht daran, was ich darüber gesagt habe, vom Salon aus zuzusehen. Du gehst wieder ins Bett.«

»Gott sei Dank«, antwortete er.

»Darf ich behilflich sein?«, fragte Truro. Der Butler war ihnen offensichtlich ins Haus gefolgt. »Es scheint, als ob Seine Gnaden etwas Hilfe gebrauchen könnte.«

Calder sah zu Truro. »Sie sollten draußen sein und feiern. Das ist Ihr Tag«, bemerkte er.

»Das werde ich, aber zuerst möchte ich sicherstellen, dass Ihr es bequem habt.«

»Ich habe Sie nicht verdient, Truro.« Calder sah ihn mit ernstem Blick an. »Wirklich. Sie haben in den vergangenen Monaten eine ganze Menge von mir erduldet.«

»Ich dachte nicht, dass das von Dauer sein würde, Euer

Gnaden. Abgesehen davon habe ich Ihren Vater weitaus länger ertragen und ich bin immer noch hier.« Er zwinkerte Calder zu. »Alles wird gut. Und ich bin hier, um zu helfen. Kommt, bringen wir Euch nach oben.«

Calder gestattete den beiden, ihm in sein Schlafzimmer zu helfen und kurze Zeit später war er wieder im Bett. Truro hatte darauf bestanden, eine Kanne Tee aufbrühen zu lassen und versprochen, dass sie bald hinaufgebracht würde.

»Danke, Truro«, rief Calder, als sich der Butler entfernte. Er wandte seine Aufmerksamkeit Felicity zu. »Ich habe ihn wirklich nicht verdient. Aber dich habe ich auch nicht verdient.«

»Bitte versprich mir, dass du das nicht andauernd sagen wirst.«

»Jeden Tag für den Rest unseres Lebens. Daran wirst du dich gewöhnen müssen, fürchte ich.«

Isis sprang auf das Bett und setzte sich auf seine Füße. Sie hatte die beiden nach draußen begleitet und dann mit den Kindern von Hartwell House gespielt. Jetzt sah sie allerdings recht zufrieden aus, zu den Füßen ihres Herrchens zu schlafen und ihn warm zu halten.

Der Tee wurde mit etwas Toast gebracht, den Calder hungrig verschlang. Dann gähnte er und Felicity bestand darauf, dass er schlafen sollte.

»Aber ich habe einen ganzen Tag geschlafen.« Wieder gähnte er und sank trotz seiner Proteste auf seinem Bett zurück.

Felicity deckte ihn zu und küsste seine Schläfe.

»Wirst du nicht hier bei mir bleiben?«, fragte er. »Du wirkst auch müde. Ich weiß, dass du nicht viel geschlafen haben kannst.«

»Das stimmt.« Sie blickte zur Tür. »Es ist allerdings wirklich nicht schicklich, nicht wahr?«

»Eine Verlobung ist so gut wie eine Heirat und ich habe gerade allen unsere Verlobung angekündigt. Abgesehen davon bin ich, was uns anbelangt, darüber hinaus, die Regeln der Gesellschaft zu befolgen. Ich werde keinen weiteren Augenblick mehr ohne dich verbringen.«

Nachdem sie sich bis auf ihr Unterhemd ausgezogen hatte, kletterte sie in sein Bett und schmiegte sich an ihn. Seine Atemzüge waren tief und gleichmäßig, und sie war sich ziemlich sicher, dass er schlief.

Dann erschreckte er sie, als er sprach. Seine Augen blieben geschlossen. »Danke, dass du mich gerettet hast.«

»Das war nicht nur ich.«

»Nicht auf der Wiese.« Jetzt schlug er die Augen auf und drehte den Kopf zu ihr um. »Vor der Dunkelheit.«

Sie lächelte leise und berührte seine Wange. »Du hast dich selbst gerettet – du hast nur ein bisschen Hilfe gebraucht.«

»Gott sei Dank hatte ich einen Engel, der mir zur Seite gestanden hat.« Er küsste sie auf die Stirn und dann schloss er die Augen noch einmal.

Jetzt war sie sicher, dass er eingeschlafen war. Sie murmelte. »Ich denke, wir beide hatten Engel, die uns geholfen haben.«

EPILOG

Heiligabend 1812

»Wird es passen?«, fragte Bianca, die den Kopf schieflegte, als Calder das mächtige Weihnachtsscheit mit Hilfe von Gabriel und Ash in den Kamin manövrierte.

»Vielleicht?«, fragte Felicity, die über ihren runden Bauch strich. Calder war von der Tatsache, dass er Vater wurde, praktisch besessen. Er konnte nicht aufhören, sie anzustarren.

»Calder, das ist sehr schwer«, warnte Gabriel, der seine Aufmerksamkeit damit wieder auf die vor ihm liegende Aufgabe lenkte.

Mit einem Grunzen schob Calder sein Ende des Scheits in die Feuerstelle. »Leg ihn ab.«

Gabriel stand auf der gegenüberliegenden Seite und wuchtete seine Seite ebenfalls in den Kamin, bis er das Scheit auf die Kohlen des Scheits vom vergangenen Jahr sinken ließ. Sie hatten die Asche heute Morgen verstreut, nachdem sie sie aus der Schachtel genommen hatten, in der sie seit dem Tag nach dem Dreikönigstag aufbewahrt worden war.

An dem Tag, an dem Felicity und er geheiratet hatten. Felicity wusste allerdings nicht, dass er genügend Kohle von jenem Scheit aufgehoben hatte, um für jedes Weihnachten ein Stück davon zu benutzen. Er lächelte bei diesem Gedanken und sein Blick schweifte einmal mehr zu seiner geliebten Frau.

Sie stand zwischen Poppy, die ihren vier Monate alten Sohn Thaddeus auf dem Arm hielt, und Bianca, die ebenfalls schwanger war, aber nicht so offensichtlich. Sie und Ash würden ihr Baby im Frühsommer bekommen, während seines und Felicitys in ein paar Wochen geboren würde.

Er konnte kaum glauben, wie drastisch sein Leben sich geändert hatte – und wie überaus dankbar er war, dass die Zukunft, die er erspäht hatte, sich nicht bewahrheiten würde. Ein Teil davon, jedenfalls. Wenn er der Mann war, der neben Felicity gestanden hatte, umgeben von ihren Kindern und Enkelkindern, würde er sich als glücklich schätzen.

»Es passt«, stellte Ash fest, der zurücktrat und den Arm um Bianca legte. »Knapp.«

»Dieses Scheit sollte problemlos bis zur zwölften Nacht halten«, bemerkte Bianca, die sich an ihren Ehemann schmiegte.

Calder steckte das wuchtige Scheit in Brand, was kein einfaches Unterfangen war. Nach einiger Zeit begann es zu brennen. Alle jubelten, einschließlich Felicitys und Ashs Mütter, die ebenfalls anwesend waren, und allen wurde Brandy ausgeschenkt.

»Auf die Familie«, prostete Calder und hielt sein Glas hoch.

Darauf hoben alle ihre Gläser und riefen lautstark im Chor »Hört, hört!«

Calder half Felicity zum Sofa und setzte sich neben sie. Die Mütter ließen sich in den Sesseln nieder, und seine Schwestern nahmen mit ihren Ehemännern auf weiteren Sofas Platz.

»Meine Mutter sagt, dass das Packen in Hartwell House gut vorankommt«, bemerkte Felicity, die zu Alicia Templeton sah. »Es tut mir leid, dass ich nicht habe helfen können.« In der letzten Woche war sie ziemlich müde gewesen und Calder hatte darauf bestanden, dass sie sich nicht übernahm. Wenngleich er in Hinsicht auf Schwangerschaften und Geburten vor Angst nicht so gelähmt war, wie Gabriel, sah er keinen Grund, unnötige Risiken einzugehen.

»Wir haben jede Menge helfende Hände«, entgegnete Poppy, die ihren Sohn und ihr Glas mit Brandy jonglierte. »Was bei mir im Augenblick nicht gerade der Fall ist.« Sie lachte und reichte Gabriel ihr Glas, damit sie Thaddeus besser zurechtrücken konnte. »Uns bleiben noch einige Wochen, bevor Shield's End fertig ist und bewohnt werden kann.«

Tatsächlich gab es jede Menge Dinge, die noch erledigt werden mussten, und zwar mit Unterstützung der eigens dafür beauftragten Firma und der Hilfe von Calder, Gabriel, Ash und vielen anderen Menschen aus Hartwell. Es war eine erhebliche gemeinsame Anstrengung und nur so hatte der Wiederaufbau so schnell vonstattengehen können.

Bianca lehnte sich auf dem Sofa zurück und an ihren Ehemann. »Es passiert wirklich nicht zu früh. Die Schule wird Anfang Februar die ersten Schüler aufnehmen.«

Hartwell House würde bald als Hartwell School bekannt sein. Sie hatten beabsichtigt, dort eine Tagesschule einzurichten, aber das Interesse für ein Internat war so groß gewesen, dass sie die Einrichtung für eine kleine Anzahl von Bewerbern aus dem County Durham geöffnet hatten. Die freien Plätze hatten sich rasch gefüllt und es war bereits im Gespräch, die Schule zu erweitern, damit sie mehr Schüler aufnehmen konnten.

Obwohl sie jung war, erwies Dinah Kitson sich als ausgezeichnete Schulleiterin. Tatsächlich war sie gar nicht so jung, wie sie alle angenommen hatten. Sie war beinahe in Poppys Alter.

Die Reparaturen an Hartwell House waren im vergangenen Herbst abgeschlossen worden.

»Entschuldigt mich für einen Moment«, bat Poppy und übergab Thaddeus seinem Vater.

Bianca erhob sich. »Oh ja, mich auch.«

Calder sah verwirrt zu, als die beiden zu einem kleinen Tisch in der Ecke gingen. Ein kräftiger Tritt des Babys in Felicitys Bauch erregte seine Aufmerksamkeit. Sie sah zu ihm auf und ihre Augen leuchteten. »Er ist heute Abend sehr aktiv.«

»*Sie* ist abends in der Regel aktiv. Ich fürchte, dass sie uns nachts wachhalten wird.«

»Vielleicht.« Felicity ergriff seine Hand und legte sie auf ihren Bauch. Ein weiterer Tritt traf seine Handfläche.

»Calder, wir haben etwas für dich«, kündigte Bianca an. Poppy und sie standen jetzt vor ihm und Poppy hielt eine Schachtel in den Händen.

Er blinzelte sie verwirrt an. »Aber wir haben am Nikolaustag Geschenke ausgetauscht. Poppy, du hast mir eine zauberhaft bestickte Weste geschenkt und Bianca, du hattest ein Buch für mich.«

»Ja, nun, dieses Geschenk war noch nicht ganz fertig«,

Poppy sah kurz zu ihrem Ehemann und gab Calder dann die Schachtel. »Es hat lange gedauert, das letzte Stück zu finden, und es ist erst gestern angekommen.«

Calder nahm die Schachtel und legte sie auf seinen Schoß. Er drehte den Kopf zu Felicity. »Weißt du irgendetwas darüber?«

Sie schüttelte den Kopf. »Ich weiß nichts. Aber ich bin überaus interessiert, zu erfahren, was es ist. Beeil dich und mach es auf.«

Die Schachtel war etwa dreißig Zentimeter lang und halb so breit. Die Höhe war geringer und betrug etwa acht Zentimeter. Er hätte vermutet, dass es eine Schmuckschatulle ist, aber wer würde ihm so etwas schenken?

Der Deckel war mit einem kleinen Scharnier als Verschluss versehen. Nachdem er das Scharnier aufgedrückt hatte, hob er den Deckel. Der Inhalt raubte ihm den Atem.

Auf einem Bett aus braunem Samt lagen die Juwelen seiner Mutter: Die Smaragdhalskette, Ohrringe und der Ring. Er konnte nicht glauben, was er dort sah.

Er musste die Tränen zurückblinzeln, die seinen Blick verschleierten, als er zu seinen Schwestern aufsah. »Sind sie echt?«, flüsterte er.

Die beiden nickten.

»Ash und Gabriel haben in der letzten Saison viel Zeit für die Suche danach aufgewendet«, erklärte Bianca. »Ich glaube, dass der Ring an einem widerwärtigen Ort gelandet war.«

Poppy stieß sie mit dem Ellbogen an. »Mach ihm kein schlechtes Gewissen.«

»Wie könnte ich mich schlecht fühlen?« Calder berührte die erlesenen Juwelen und sah seine Mutter vor sich, wie sie sie an Weihnachten getragen hatte, als er noch ein Junge war. »Das ist das großartigste Geschenk, das ich je bekommen habe.« Er sah Felicity an und sein Herz war so erfüllt, dass er fürchte, es könnte platzen. »Außer dir und dem Baby.«

Sie streckte die Hand aus und legte sie auf seine, die über die Juwelen gebreitet war. »Ich weiß, was du meinst.« Sie lächelte zu ihren Schwägerinnen auf. »Das ist wirklich großartig.«

»Nun, ich kann sie offensichtlich nicht tragen«, gab Calder zu bedenken, als er den Körper zu Felicity drehte. »Und ich habe immer gewollt, dass meine Frau sie bekommt. Als ich dich verloren hatte, konnte ich mir niemanden sonst vorstellen, der sie tragen sollte. Obwohl ich es gehasst habe, mich von dem Schmuckset zu trennen, hatte ich mich überzeugt, ihn nicht zu brauchen. Nicht ohne dich.«

Sie hob eine Hand und legte sie um seine Wange. »Oh, Calder.«

Er sah zu seinen Schwestern. »Macht es euch etwas aus, wenn ich sie Felicity gebe?«

»Natürlich nicht«, antwortete Poppy strahlend. »Wir hatten erwartet, dass du das tust, und wir sind entzückt, dass sie sie haben wird.«

Calder hätte seinen Schwestern keinen Vorwurf gemacht, wenn sie den Schmuck selbst hätten behalten wollen. Aber andererseits erinnerten sie sich nicht an ihre Mutter, wohingegen er das tat. »Danke.«

Er nahm die Halskette aus der Schachtel und hielt sie zu Felicity hoch. Sie drehte sich, damit er den Schmuck um ihren Hals legen konnte. Als sie sich wieder umdrehte, füllten sich seine Augen erneut mit Tränen.

Lächelnd wischte sie mit der Fingerspitze über seine Wange, um eine Träne aufzufangen. »Freudentränen, hoffe ich.«

»Die glücklichsten. Danke.« Er drehte sich zu seinen

Schwestern um. »Danke.« Dann sah er zu seinen Schwagern. »Danke.« Er wischte sich über die Augen und sah zu Felicitys und Ashs Müttern: »Ebenfalls, danke!«

Alle schmunzelten. Bianca grinste. »Fröhliche Weihnachten, Calder.«

Er nahm Felicity in den Arm und zog sie dicht zu sich heran, um ihr einen Kuss auf die Schläfe zu geben. »Fröhliche Weihnachten.«

Ende

Vielen Dank, dass Sie Freude für den Duke gelesen haben. Dies ist das dritte und letzte Buch meiner Regency Weihnachtsreihe Liebe ist überall. Ich hoffe, Ihnen hat diese kurze Serie gefallen, denn es es hat mir sehr viel Spaß gemacht, sie zu schreiben. Wenn Sie finden, dass einer oder mehrere der Nebenakteure eine eigene Geschichte mit einem glücklichen Ende verdienen, lassen Sie es mich wissen!

Möchten Sie erfahren, wann mein nächstes Buch verfügbar ist? Sie können sich für meinen Deutscher Newsletter anmelden, mir auf Amazon.de folgen und meine Facebook-Seite liken.

Rezensionen helfen anderen, Bücher zu finden, die für sie geeignet sind. Ich schätze alle Bewertungen, ob positiv oder negativ. Ich hoffe, dass Sie erwägen werden, eine Bewertung bei Ihrem bevorzugten der Seite Ihres bevorzugten Internet-Netzwerkes abzugeben.

Ich mag meine Leser so sehr. Danke!

Ich dachte, es wäre sicherlich ein großer Spaß, eine Weihnachtstrilogie zu schreiben und die Erzählungen auf klassische Weihnachtsgeschichten zu begründen. Ich wusste sofort, dass ich Der Herzog von Scrooge (die Figur aus Charles Dickens´ *Eine Weihnachtsgeschichte*) schreiben wollte, aber Freude für den Herzog schien mir ein weitaus besserer Titel zu sein. Tatsächlich denke ich, dass dieser Titel, der mir in den Sinn kam, eigentlich das Samenkorn war, aus dem Die Liebe ist Überall entstanden ist.

Die Aufgabe, über eine ausgesprochen missliebige Figur zu schreiben, die sich in einen Helden zum Schwärmen verwandelt, ist etwas, das ich wirklich genieße. Ich liebe es sehr, über die Wiedergutmachung zu lesen, und ich finde, Calder ist wirklich ein Prachtexemplar. Beim Schreiben einer Serie über drei Geschwister hatte ich ergründen wollen, wie unterschiedlich ihre Erfahrungen und Perspektiven sein können, und wie wir alle unseren eigenen Weg gehen müssen. Hoffentlich hat Ihnen die Geschichte von Calder und Felicity gefallen.

Die Institution für verarmte Frauen ist etwas, das ganz

und gar von mir selbst erfunden wurde. Sie basiert auf den damaligen Armenhäusern, aber ich wollte kein »richtiges« Armenhaus, das Männer und Frauen (und Kinder – sie sahen ihre Eltern nicht oft) trennte und typischerweise eher den Eindruck eines Gefängnisses erweckte.

Alles Liebe und großen Dank an Rachel Grant für ihre Hilfe, wenn beim Schreiben mal wieder Spurten angesagt war und auch für ihre stets fabelhafte Freundschaft.

Ich hoffe, diese inspirierende Erzählung hat Ihnen gefallen. Frohe Weihnachten :)

BÜCHER VON DARCY BURKE

Historische Romantik

Die Unberührbaren
Ein Earl als Junggeselle
Der verbotene Herzog
Der wagemutige Herzog
Der Herzog der Täuschung
Der Herzog der Begierde
Der trotzige Herzog
Der gefährliche Herzog
Der eisige Herzog
Der ruinierte Herzog
Der Herzog der Lügen
Der betörende Herzog
Der Herzog der Küsse
Der Herzog der Zerstreuung
Der unverhoffte Herzog
Der charmante Marquess
Der verwundete Viscount

Die Unberührbaren: Die Prätendenten
Geheimnisvolle Kapitulation
Ein skandalöser Pakt
Des Gauners Rettung

Ruchlose Geheimnisse und Skandale
Ihr ruchloses Temperament
Sein ruchloses Herz
Die Verführung des Halunken
Verliebt in einen Dieb

Die Liebe ist überall
(eine Regency Weihnachtstrilogie)
Der Earl mit dem flammendroten Haar
Das Geschenk des Marquess
Eine Freude für den Herzog

Der Club der verruchten Herzöge
Eine Nacht zum Verführen by Erica Ridley
Eine Nacht der Hingabe by Darcy Burke
Eine Nacht aus Leidenschaft by Erica Ridley
Eine Nacht des Skandals by Darcy Burke
Eine Nacht zum Erinnern by Erica Ridley
Eine Nacht der Versuchung by Darcy Burke

ÜBER DIE AUTORIN

Darcy Burke ist die USA Today Bestsellerautorin für sexy, emotionale, historische und zeitgenössische Romantik. Darcy schrieb ihr erstes Buch im Alter von 11 Jahren – mit einem Happy End – über einen männlichen Schwan, der von der Magie abhängig war, und einen weiblichen Schwan, der ihn liebte, mit nicht sehr gelungenen Illustrationen. Schließen Sie sich ihr an newsletter!

Darcy, die in Oregon an der Westküste der Vereinigten Staaten geboren wurde, lebt am Rande des Wine Country mit ihrem auf der Gitarre spielenden Ehemann und ihren beiden ausgelassenen Kindern, die das Schreiben geerbt zu haben scheinen. Sie sind eine nach Katzen verrückte Familie mit zwei bengalischen Katzen, einer kleinen, familienfreundlichen Katze, die nach einer Frucht benannt ist, und einer älteren, geretteten Maine Coon, die der Meister der Kühle und der fünf-Uhr-morgens-Serenade ist. In ihrer ›Freizeit‹ ist Darcy eine regelmäßige ehrenamtliche Mitarbeiterin, die in einem 12-stufigen Programm eingeschrieben ist, in dem man lernt, ›Nein‹ zu sagen, aber sie muss immer wieder von vorne anfangen. Ihre Lieblingsplätze sind Disneyland und das Labor Day Wochenende in The Gorge. Besuchen Sie Darcy online unter https://www.darcyburke.net.

facebook.com/darcyburkefans

twitter.com/darcyburke

instagram.com/darcyburkeauthor

pinterest.com/darcyburkewrites

goodreads.com/darcyburke

Printed in Poland
by Amazon Fulfillment
Poland Sp. z o.o., Wrocław

25938623R00106